動物星球偵探事件簿

文／王宇清　翁裕庭　陳郁如　郭瀞婷　鄭宗弦　寵物先生

圖／九子

目次

緣起

從前從前，有六位作家，
坐在書桌前構思推理故事的時候，
突然出現了某種動物，
跳進他們的故事中！
這些動物有的扮演了破案的關鍵角色，
有的提供了辦案線索，有的動物還成為故事的主角⋯⋯
於是，震撼動物星球的偵探事件在此登場！

鬼聲

王宇清

傳說

暑假到了，禁不住我一再哀求與保證，媽媽終於答應我不用去安親班了，條件是：我得按時完成暑假作業，每天幫忙做家事，乖乖去上數學補習班。

於是，我在小學生涯的最後一個暑假就此展開。過了愜意的一個多禮拜，星期二早上，一到數學班報到，就看見一群人圍著阿毛，不知道在說什麼，好幾天沒看見同學的我，也好奇的湊了上去。

「跟你們說，我跟我哥昨天遇到鬼了。」阿毛看起來神祕兮兮。

「真的假的啦？在哪裡？」

「真的！就是明治橋過去那頭，」怕大家不相信，阿毛的聲音高了八度，「那個可怕的怪老頭家。」

「天啊，好可怕！」聽到「怪老頭」這三個字，在場的人都瑟縮了一下，接著像一把鑰匙打開了大家共同的恐懼，你一言、我一語的說了起來。

「晚上從那邊經過的時候，看到那間房子就覺得像鬼屋……」

「那個阿公看起來也不太像人……」

「屋子裡常常黑漆漆的，有時候有奇怪的火光……」

「他的眼神，超可怕……」

「聽我爸媽說，有一次半夜開車經過，看到那個阿公在院子裡挖土，沒開半盞燈，看到他們過去，直到車開走了都還盯著他們看，超詭異！」

「我爸說那個阿公好像有在拜什麼奇怪的神，搞不好是在養小鬼什麼的……」

「天啊……好恐怖喔！」

「半夜挖土，該不會是在埋死人吧！」

「哇哩咧，不要亂講，超恐怖的。」

大家七嘴八舌，比討論偶像還熱烈。

原來是那個奇怪阿公啊！我曾經路過他家幾次，但大人平常就會告誡：「離那間屋子和那個阿公遠一點！」因此，我總是下意識的低頭快步走過。

那間屋子位於我們鎮上最偏僻的區域，說是屋子，也不過就是一間破舊的鐵皮屋，鐵皮都鏽蝕了，堆滿雜物、垃圾的空地外面，還大費周章用鐵絲網圍起來，到底誰想靠近這又臭又髒的地方呀？那個奇怪的阿公就一個人住在這裡。

他孤僻，幾乎不與人來往，臉上的神色總是混合著陰鬱和憤怒；瘦小乾枯的身體佝僂著，從遠處看，就像一道布滿下墜般沉重線條的灰影。說也奇怪，雖然怪阿公這樣瘦小，但只要遇見他，無法不去意識到他的存在，而且愈是壓抑著不去看他的念頭，愈是忍不住要偷偷瞧他一眼，簡直就像一個活著的禁忌。

附近的人都知道，怪阿公討厭有人靠近他家。

聽說以前有個小孩朝他的屋子丟石頭，他突然從家裡面衝出來，面目猙獰，嘴裡發出可怕的吼叫聲，像具喪屍，那孩子就這樣嚇得尿褲子，邊哭邊跑回家，連續做了好幾天惡夢，最後還得去收驚。

曾經有人碰巧停下來站在他家門口，結果怪阿公立刻衝過來罵人，還作勢要打人，當場就把人嚇得落荒而逃。

不管怎麼說，那是一間最好不要靠近的屋子，已經是大家的共識了。

我心裡納悶，阿毛怎麼有膽接近那裡呢？

「喔！什麼鬼？長什麼樣子？」我的好朋友大仔不知什麼時候也來了，突然湊過來，把話題又重新拉回到「鬼」身上。

阿毛愣了一下，這才訕訕的說：「……其實我沒有看到鬼啦！只是聽到鬼的聲音，不過，那個聲音真的很恐怖……」阿毛說完，打了一個冷顫，好像又聽到鬼聲。

「哈，根本就沒看到，還說遇到鬼。」大仔十分不以為然。

「拜託！那整間房子都黑漆漆的，然後那個聲音就……就……」阿毛像被接下來要說的內容噎到了。

「什麼樣的聲音呢？」我忍不住好奇的問。

「那聲音，不是人的聲音……像是……地獄裡的惡魔……」阿毛說這話的時候，聲音都抖了，他深呼吸了一下，吞了口水，「大概是痾……啊……啊……喔……噎……這樣的聲音。」

說真的，我怕鬼。但說不上來為什麼，我還真有點想聽聽看鬼的聲音，也許我心裡覺得根本沒有鬼吧！

「你大概什麼時候聽到的？」我問阿毛：「你們怎麼會去那邊啊？」

「大概晚上九點左右吧……」阿毛有點不好意思的說：「我們剛打完電動，我哥說要玩空拍機，想拍一下夜景，結果飛得太遠，空拍機竟然突然故障，掉在那個可怕老頭的院子裡。」

空拍機，這傢伙家裡還真是有錢呀！

「世界上沒有鬼啦！」大仔斷然下了這個結論。大仔向來以大膽自誇，雖然我不太清楚他的自信從何而來，但他常說他們家看電視是「恐怖片看到飽」，能看的恐怖片他都看過了。怎麼會有爸媽讓小學生「恐怖電影看到飽」呢？那應該很多都是限制級的吧！雖然他是我最好的朋友，我總忍不住在心裡搖頭。

「一定是聽錯了啦！對不對，小玄？」

「呃……」一時之間，我不知道該怎麼回答。我不知道有沒有鬼，也沒有辦法確定。有或沒有，都要有證據才對，不是嗎？

「我才沒有說錯！我真的聽到了，那絕對不是人發出來的聲音，絕對是鬼！」阿毛一下子激動起來，像是在捍衛自己剛才的軟弱。

「膽小鬼，嚇破膽。」大仔今天不知吃錯什麼藥，拚命刺激阿毛。

「明明就有！」阿毛發怒了，「我哥哥也有聽到啊！」

阿毛的哥哥是國中生，應該不會跟著瞎起鬨吧？我想。

「你哥是不是和你一樣，嚇到挫尿了？」大仔就是不放過阿毛。

「喂！大仔！」我拉住大仔，覺得他有點太過分了。

「好啊，你說沒有鬼，你敢去確認嗎？我就不相信你敢。」

「敢……敢啊！為什麼不敢！」

「欸……遲疑了半秒，根本就是膽小鬼，還裝模作樣。敢咧——」不知道哪裡來的膽子，阿毛的嘴巴也變得刻薄起來。

「不然你要怎樣！」大仔最恨被說膽小鬼，整個人像隻鼓脹的河豚。

「喂，好了……」我趕緊打圓場。

「你想怎樣！」

「怎樣！」

這兩個人是中邪嗎？誰也不肯示弱，還伸出手互推了彼此的肩膀，天啊，該不會打起來吧！

「來打賭啊！敢不敢！」阿毛突然退後一步，說了這個提議，估計是知道自己打不過大仔吧！

「賭就賭啊，誰怕誰？賭什麼？」

「你如果能證明那不是鬼，我就把我家的MAX4送給你。」

唉喲，真是財大氣粗，MAX4是最新一代的遊戲主機，一臺要一萬多耶！

「不過，要是你沒辦法證明，你要當著其他同學的面跟我說『對不起，我是膽小鬼』。」阿毛個子比大仔小很多，但此時把下巴揚得高高的，有股瞧扁大仔的氣勢。

或許是MAX4的誘惑太大，大仔呆了一秒，馬上回答：「好啊！就這麼說定了，你可別後悔。」

等不及阿毛後悔，數學老師就出現了，大家一哄而散，準備上課。

「小玄，我們去看有沒有鬼！」離開數學班時，大仔豪邁的拍了我的肩膀。

「呃……」奇怪了，又不是我打賭，為什麼要我去？「可是我……」

「可是，可是什麼！你又沒上安親班，有的是時間。」大仔完全不給我拒絕的機會，我看向大仔，發現那一雙看恐怖片的眼睛裡，男子漢的憂愁慢慢滿了上來。

日間調查

隔天，我帶了家裡的小狗舒跑一起出門。

先說明一下，帶狗不是我的主意。

原本大仔說要晚上去怪阿公家調查，過了一會兒又改口說白天去，而且是正中午。

「白天先把四周環境看仔細。」他的理由是這樣。

正要出門，大仔衝了進來，要求我帶狗。

「啊？為什麼要帶舒跑？」

「很多偵探不是都會帶一條獵犬？牠可以幫忙找線索啊！」大仔說這話的時候，

眼神飄來飄去的。

說來搞笑，舒跑只是一條上了年紀的小型犬，要是真遇到什麼危險，恐怕也派不上用場。而且牠從來不咬人，也不會吠，平時總是懶洋洋的，只喜歡到處蹭人討抱，防禦功能可說已經完全退化了。

就這樣，我們兩人一狗，騎著車前往怪阿公家。

「現在是中午一點多，好熱。」我擦著滿頭的汗，大仔也一樣。舒跑卻是一派輕鬆，因為牠根本不願意跑，只好用車籃子載著。

「中午陽氣最盛。這是我從電影裡學到的。」大仔笑得很得意。

陽氣？如果沒有鬼，哪還有什麼陽氣、陰氣的問題啊？不過，我不想讓大仔難堪。更何況，我心裡面其實也有點毛。

遠遠的，怪阿公家才冒出來，我們就有默契的停下車；即使在亮晃晃的陽光下，怪阿公家看起來還是挺陰森的。如果真的是鬼，應該、大概、八成、通常、理論上不會在白天出現吧。希望如此。

我們推著車慢慢靠近房子，窗戶都關得緊緊的，還用窗簾遮住；說是窗簾，其實是髒髒舊舊的被單或日曆紙，完全看不見裡頭的動靜。

我的視線越過鐵絲圍籬，院子裡凌亂散落著各種廢棄物品，一座不知從哪裡撿來的浴缸裡胡亂長出了一叢野草。仔細一看，四處貼了許多像符咒的紙張，也都已經泛黃破損，讓這屋子添了幾分邪門。

這時，舒跑突然從籃子裡跳下來，嚇了我一跳，大仔馬上神經兮兮的躲到我的身後。

「汪汪汪！」舒跑朝向屋子裡，難得的狂吠起來。

這太不尋常了！「噓！」我連忙制止，深怕怪阿公這時會突然出現。

「汪汪汪！汪汪汪！」可是，無論我怎麼安撫，舒跑仍然不斷吠叫。

「嚇！」一隻黑貓不知從何處突然冒了出來，就站在我和舒跑面前幾步的地方，僅隔著一道鐵絲網，用綠色的眼眸直直盯著我們，對舒跑的狂吠一點也不畏懼。

「原來是野貓啊……嚇死我了，走啦！看起來好像沒什麼特別的……」身後的大仔臉色蒼白，不斷催促著我。

「好不吉利，竟然遇到黑貓。」大仔沮喪的說：「真是太不OK了。」

「你打算放棄了嗎？」我問：「去跟阿毛道歉，這樣我晚上也不用來了。我還得跟我媽撒謊才能出門耶。」

「不要啦！拜託！」大仔聽到我不想來，近乎絕望的懇求著：「好朋友一起探險，多有趣啊！我可以請你吃草莓霜淇淋。」

「啊，草莓霜淇淋？」我故意表現得不太在意，其實，我超想吃的。

「兩隻？」看我沒反應，大仔急了：「三隻、四隻，隨便你吃啦！」

夜探鬼屋

晚上，我藉口要帶舒跑外出散步，到路口和大仔會合，然後一起走到怪阿公的房子那邊。

或許是因為少有人經過，這裡的路燈很少，通往怪阿公家的路，昏暗得令人發毛，好像隨時會有什麼東西從如霧般的黑暗中突然出現，我和大仔愈挨愈近，舒跑則一派輕鬆的模樣。

到了！怪阿公家門口那盞路燈不知怎麼的故障了，燈泡忽明忽滅，整棟房子瀰漫在一股詭異的氣氛中。

沙沙沙沙……好像有動靜？是腳步聲嗎？

「那是什麼……」大仔緊緊抓住我的手臂。

我們全身緊繃，慌亂的四處張望，卻什麼也沒看見。過了好一會兒，確定沒任何動靜，我們才敢再往前跨一步。屋子黑漆漆、靜悄悄的，跟白天一樣，感覺不到一絲人的氣息。

「真無聊，就只是一棟空屋子吧！」大仔故作輕鬆，「可以去跟阿毛說，根本沒有鬼。」聽起來打算撤退了。

「傻瓜，你中阿毛的計了。」

「什麼意思？」

「他說，要能夠驗證沒有鬼，也就是你得提出證據，證明那個聲音不是鬼的聲音。」我壓低聲音解釋。

「可惡。這個阿毛太狡猾了！」大仔氣得一時忘了恐懼。現在懊惱，有點太晚了啊，親愛的大仔。

一道黑影，突然從我們眼前急速掠過。

「哇！」我差點叫出聲，大仔則是不由自主的喊了出來，下一刻，我們都連忙用手摀住嘴巴。

是白天那隻黑貓，白天綠色的眼眸在夜裡發出奇異的光芒，怪的是舒跑這次不吠了，只是盯著貓，發出哀泣般的哼哼聲。

「又是這隻黑貓！」大仔強作鎮定，「快走開！去！去！舒跑怎麼都沒有保持警戒？」

「牠本來就是這樣，白天那樣狂叫才奇怪。」我沒好氣的說。竟然還怪起狗來，這傢伙。

「舒跑，你怕牠啊，沒事的。」

四周仍是一片黑暗，我想，我們的叫聲應該已經傳進屋子裡了，但整間屋子仍是黑漆漆的，怪阿公也沒有如傳說那般衝出來。

我們緊張兮兮的不敢亂動，過了好一陣子，才又移動腳步。

黑貓盯著我們一會兒，便轉身隱沒在黑暗裡。

這時，一道聲音劃破了寂靜。

「痾……啊……啊……喔……噎……」

我聽見了！

聲音似有若無，我全身緊繃，正想向身旁的大仔確認。

「痾……啊……啊……喔……噎……」

我和大仔四目相對……

「哇呀！」我抓起舒跑，抱在懷裡，和大仔一起沒命的跑，彷彿後面有什麼東西就要追上了！

我和大仔沒有說再見就各自奔回家，一整個晚上，我都不敢闔眼，那可怕的聲音纏著我，真是要瘋了！

「你怎麼了？沒睡好嗎？」隔天起床，我的氣色一定糟透了，引來媽媽的關切。

我怎麼敢跟她說真話？昨天晚上已經說了謊，今天總不能拆穿自己吧！我可不想因此回安親班。

在大仔的堅持和拜託下，我們沒對其他人說出聽到鬼聲的事。

他告訴大家，晚上在那邊整整待了一個鐘頭，根本沒有聽見什麼鬼。

阿毛果然反擊：「你還是沒辦法證明那邊沒有鬼呀！說不定後來有出現。」兩個人差點吵起來，因為老師來了，他們才不得不停下戰火。

關於鬼，有人信，有人不信。

大多數的同學支持阿毛，繼續繪聲繪影的說著各種關於怪阿公的傳說。

「阿毛，請問一下，你那天大概是幾點聽到那聲音的？」我問。

「嗯，我想一下喔。」阿毛從人群中探出頭來，「大概是晚上九點左右吧？怎麼了？」

「沒事，只是問問。」

我找出一本筆記本，記錄下時間。

回家的路上，我和大仔討論這件事，「我們昨天聽到那聲音的時間，也差不多是九點左右。因為我回到家時，媽媽剛看完韓劇。」

「唔……差不多吧……」大仔歪著頭回想。

「會不會，鬼都是固定一個時間出現？」

「啊！所以呢？」大仔一臉驚恐。「你該不會……」

「嗯，我想回去確認一下。」

「還要再去！？我不要！」大仔發出哀號。「你不怕嗎？」

「當然怕啊！」我說：「可是我不希望你丟臉。」

唉，傷腦筋。我說的是實話。大仔是我從小到大的好朋友，兩人從還不會說話的時候就認識了。大仔一有好玩的、好吃的，總會先想到我，我遇到麻煩，他也總是二話不說就幫忙。就算有時候是我惹了麻煩，他也會替我頂罪，代替我受罰。我沒有辦法拋下他不管。

「嗚，小玄，謝謝你！我好感動喔！」

「少肉麻了啦。」

重啟調查

話雖這麼說，但那天晚上，大仔卻臨時說因為爸媽要帶他出門，不能去了。

為了找理由出門，我還是帶了舒跑。

時間有點接近了，我得快一點。我飛快的騎著腳踏車，籃子裡的舒跑被晚風吹得瞇起眼睛。

接近怪阿公家時，我的速度又慢了下來。儘管我有興趣確認鬼聲出現的時間，但要靠近答案時，我卻膽怯起來。

「別怕，上次聽到鬼聲，也沒發生什麼可怕的事，阿毛也好好的。」我安慰自己。但上次至少還有大仔陪我，害怕讓我愈走愈慢，甚至想打退堂鼓。

這時，舒跑又再度跳車了！

「舒跑！該死！」我吃了一驚，只得追上去。

這舒跑，今天跑起來竟然像風一樣快，我從來不知道牠能跑這麼快，一下就消失在我的視線。

「舒跑！」我小聲叫著。

微弱的光線下，只見舒跑竟然從怪阿公家鐵絲網圍籬的一個破洞下鑽了進去。

「快出來！」我一連低喚了幾聲，舒跑卻自顧自在裡面聞聞嗅嗅，對我毫不理睬。

「嗷嗚——」舒跑突然仰起頭，發出詭異的嚎叫——我從未聽過牠叫得如此淒厲，而舒跑叫完後，竟然還跑向屋子去。

是「吹狗螺」！我腦海閃過這個名詞。傳說狗如果看到「不屬於人間的東西」，就會發出淒厲的哀號。

哇！在舒跑的嚎叫聲中，那聲音又出現了……

「嗚……ㄟ……嚕……啊……」

等到我回過神，我才發現自己一個人逃到路口的轉角。驚魂未定中，一看手錶，果然又差不多是九點。

我試著讓自己冷靜，說服自己那聲音應該是怪阿公想要嚇唬小孩的新花招吧？可是，為了嚇人，做到這種程度，也太誇張、太過分了吧！

我焦急的等了半天，舒跑終於出現了，而且嘴裡叼著一張藍色的紙。

我知道偷看別人的信件是犯法的，但我忍不住接過來，是一張停電通知單，寄發日期是六月三十日，啊！斷電的時間是七月三日，早就已經過了一個多禮拜，所以，屋子裡的漆黑可能是因為斷電了嗎？

我這也才知道，怪阿公的本名叫作嚴奇峰。

如果真的被斷電了，也就是說——怪阿公可能不在家，才沒去繳費；所以，這幾次無論白天晚上，都沒有看到他出來趕人。

那恐怖的聲音，莫非真是鬼嗎？

尋蹤

隔天早上，大仔一臉抱歉的來找我，還帶了融化一半的草莓霜淇淋，表示願意再跟我一起調查。

當我們再度來到怪阿公家時，仍舊大門緊閉，毫無人跡。

「有人在家嗎？」為了驗證昨晚的推測，我放聲大叫。

「你幹麼！瘋了啊你！」大仔一臉驚恐，還搥了我好幾下。

「看來是真的不在。」怪阿公究竟去哪裡了？為什麼鬼聲總在九點出現？我陷入了沉思。

「聽到兩次鬼聲，我都沒事。」思考這件事，讓我比較不害怕了。

「我們快點走啦，不管怎樣，聽到鬼的聲音，都是不祥之兆。」大仔一刻也待不住。

「會不會，那鬼聲是想告訴我們什麼？」我問。

「你在說什麼瘋話！你還想知道鬼要說什麼？走了啦！」大仔看我的眼神彷彿我被鬼附身了。

怪阿公究竟是什麼人呢？是妖怪？會邪術的人？或者根本就不是人？我想弄清楚，說不定，可以知道那鬼聲想傳達的訊息。

仔細想想，怪阿公偶爾會出現在鎮上。他總會去買菜或者日常雜貨吧！不可能完全與世隔絕，一定可以找出一些線索。

隔天一早，我說要牽舒跑去遛遛，順便到市場幫媽媽買菜。

「你最近怎麼這麼奇怪，會幫忙遛狗，竟然還想幫忙買菜。」

「哈哈，總是要幫忙一下，」我回答：「現在會煮飯的男生很受歡迎，我先從買菜開始練起。」

媽媽雖然懷疑，但拗不過我的要求（胡吹亂蓋），終於寫下一張詳細到不行的購物清單，讓我出去採買。

來到市場，我先買好了單子上的東西，接著才放心的四處打探，看看有沒有人認識怪阿公。

果然沒有來錯地方。一連問了好多家菜販、肉販之後，總算有些人知道他。有些阿伯大嬸難免好奇我為什麼會問起怪阿公這號人物，我總是堆著笑臉說出早已想好的一套說詞：暑假作業有關懷社區長者的報告。加上我說出來幫媽媽買菜，又很有禮貌，大家都對我很友善。

怪阿公話很少，別人問話，他幾乎不搭理，每次總固定跟幾個攤販買固定幾樣東西。

從那幾家攤販的反應看來，大家似乎都不太喜歡他。

果真是個不太討人喜歡的老人家呀……

「好一陣子沒來了，大概又出門去了吧？」

「出門？去哪裡？」

「不知道。有人說他會去客運站，坐車到很遠的地方。」

「他上次是什麼時候來的？」

「呃……沒有特別注意耶。」賣菜伯母皺著眉頭，「啊！是上個月底來的，我孫女放暑假的第一天，那天剛好來陪我賣菜，她還說那個阿公很奇怪。」

唔，放暑假的第一天，那就是……六月二十九日，都快兩個禮拜了。

怪阿公買的幾乎都是青菜，沒有買肉。偶爾買些魚，分量很少。

陸續有人指出，看過怪阿公去客運站坐車，或者從客運站走回家。

最後，我來到了市場裡的一家雜貨店。

雜貨店的老闆記得怪阿公，說他會買不少罐頭。我阿公、阿嬤也喜歡吃那類罐頭，像是玉筍啦、麵筋啦、脆瓜、茄汁鯖魚、蒲燒鰻啦之類的。

怪阿公偏好的是魚罐頭和脆瓜，大罐的。偶爾也會買些電池、燈泡一類的消耗品。上一次也買了一大堆罐頭和兩個燈泡。嗯……我連忙記在筆記上。

「你這孩子真有趣，怎麼會問那麼多老人家的事？」雜貨店的老闆回答了我幾個問題後，忍不住好奇。

「呃……是因為暑假作業有關懷社區長者的題目，所以想多關心一下。」這大概是我今天第一百次說這個謊了。

「原來是這樣，你很熱心喔。」

「沒有啦。」

「對啦，我怎麼沒想到！」老闆像是搞笑演員一樣，誇張的狠拍了自己的腦袋一下。「有一個阿伯你可以去問問看，我聽他說過，阿公會去他那邊，感覺他們應該認識。」

「啊！謝謝，請問是哪個阿伯？我該去哪裡找他？」

「他是阿金伯啦，就住在春暉巷裡面，開一家唱片行，好像叫作『年興唱片行』。」

「太好了！謝謝您！」

回家之後，我立刻上網查了「年興唱片行」，但根本找不到。問爸媽，他們都不知道，我只好又跑回去問雜貨店老闆。

「不好找喔！」老闆笑了起來，「我就在想你知不知道位置，那個巷子很小，很難找啦，很多在地人都不知道。」

好心的老闆在我的筆記本上畫了一個簡單的地圖。真是太感謝他了。

尋找年興唱片行的阿金伯，出乎意料的費了我不少功夫。

我這才驚覺我對這個小鎮其實還有太多不了解，簡直就像一個充滿謎團的人類大腦般的迷宮，而我只認識了不到百分之二十。

我在這個小鎮出生，生活了十一年，卻是第一次來到這裡。

就在夕陽即將用下班來訕笑我的徒勞，我幾乎快要放棄時，我終於走進了春暉巷。年興唱片行那方小小的、破了幾個洞的古老招牌，出現在沒有出口的無尾巷底。

錄音帶

一位阿公坐在店裡最深處的一張桌子後面，兩隻腳放在桌上，一邊抽菸，見了我出現在店門口，瞇著眼睛，遲疑了幾秒，才反應過來我可能是客人，連忙放下腳，手忙腳亂熄了菸，揮著手，試著趕走煙。

「少年仔，你要買啥？」

這家唱片行是一排老樓房的最後一間，也是一棟頗有年歲的老房子。天花板壓得很低，一般的成人只要跳起來幾乎就可以摸到。店面也不寬，除了靠牆的兩面從前延伸到後面的櫃子以外，中間有一道櫃子隔出兩個小走道。

說明我的來意之後，阿金伯請我坐了下來。

「你這孩子真特別，沒想到你會問嚴爺的事情。」阿金伯笑得很慈祥。

「聽說您認識他……」

「我跟他不熟，他偶爾會來我這裡沒錯，來找一些他要聽的東西。」

「可以請問是什麼嗎？音樂ＣＤ還是？」

「沒啦，不是ＣＤ啦。你稍等一下，」阿金伯戴上老花眼鏡，起身，開始在櫃子上翻找著，找了好一陣子，才拿了一個方盒子過來。

「這是……卡帶對嗎？」我有點吃驚，主要是因為太久沒有看到「卡帶」了。記得很小的時候，爸爸媽媽曾清掉家裡以前堆積的錄音帶。現在根本沒人聽這種東西了吧！我都是在網路上聽音樂，或者是ＭＰ３，還真的從來沒有聽過卡帶呢！

「對，是卡帶。」阿金伯臉上露出笑容，「沒想到像你這年紀的孩子也知道啊！」

手上的卡帶，上頭的圖案都已經嚴重褪色了。我一開始還看不清楚是什麼，仔細一看，才發現是某個神明的圖案。

「這是佛經錄音帶。」阿金伯解釋。

佛經？原來怪阿公信佛啊。這麼說來有點奇怪，怎麼信佛的人家裡會鬧鬼呢？然而，他平常給人的感覺，也不太像信佛的人那樣慈眉善目。

「他最近來過嗎？」

「好一陣子沒來了，」阿金伯說：「可能又出門去了吧？」

「出門？」

「有一次，我看他好像要出門，還提了行李，我就問他要去哪裡玩。」

根據之前的訪查，有些人說他有時會搭客運。看來是真的。

「什麼樣的行李？」

「啊，就是一個紙箱。」阿金伯比了一下，大概是A4影印紙箱的大小。

「知道裡面裝什麼嗎？」

「不知耶，看起來不重就是了。他來店裡的時候，會先擱在店門外。」

「他說過要去哪裡嗎？」

「嗯，雖然沒有仔細問，不過他說不是去玩，就不說話了。」阿金伯說：「他那麼嚴肅，不愛講話，我也不好意思多問。」

「阿金伯，請問這卷錄音帶多少錢？」

「你要買？買這做什麼？」

「就想聽聽看……覺得好奇。」

「啊，不用錢啦，你想要就送你吧，反正也不會有什麼人買了。」

謝過阿金伯，我手握著錄音帶，牽著舒跑，離開了唱片行。

怪阿公究竟去了哪裡？

回到家，吃過晚飯後，我回到房間，坐在書桌前，看著下午得到的佛經錄音帶，想著怪阿公的事。

想到這裡，我覺得好像不應該一直稱他「怪阿公」，有點不太禮貌。還是叫「嚴爺」好一點。

「媽，我們家還有可以放錄音帶的機器嗎？」我大聲問樓下的媽媽。

「好像有，我找找。」媽媽大聲回我，「你要聽錄音帶？哪來的？」

「嗯，我同學借我的，以前歌手的專輯。」

不料，這個回答卻引起了媽媽的興趣，立刻衝上來。

「喔！那搞不好是我們年輕的時候聽的喔，哪位歌手？」

「欸……不是那種偶像歌手啦，是重金屬搖滾的那種，很猛很烈的樂團。」

「噢……」媽媽的熱情在聽到「重金屬」之後，立刻熄滅，冷冷的說：「我本來還想回味一下的……看看爸爸房間有沒有錄音機。」

我跑到爸爸的書房，看見櫃子上就放著一臺可以播放卡帶的錄音機。

我興沖沖的將錄音機抱回房間，手忙腳亂的插上插頭，放進錄音帶。豈料，錄音機卻一動也不動。

我左碰右按，上轉下扭，就是沒反應。算了，反正我也只是好奇，明天再說了。

隔天，我跟大仔碰面，跟他說了錄音帶的事。

「嗯……我有點擔心你耶，你該不會被附身，著魔了，竟然還花那麼多功夫去弄了怪阿公的佛經錄音帶，有點恐怖。」

我？著魔？

夜裡，我躺在床上想著嚴爺究竟去了哪裡，他知道自己的家變成鬼屋嗎？還是，他一直都住在鬼屋裡？這個念頭讓我心中一驚！

不，我不相信有鬼，就算有鬼，我也想看看鬼長什麼樣子，有什麼目的。天啊，這是什麼想法，我真的瘋了。

一整晚我睡睡醒醒，不知道為何，那隻黑貓不斷出現在我的夢中、我房間的窗外。我都快分不清楚到底是夢還是真的。

難道，我真的著魔了？

客運站

「你最近怎麼這麼愛遛狗？」一吃完早餐，我便要去遛狗，媽媽看了忍不住問。

「哈，因為舒跑年紀大了，想到以前都沒有好好陪牠，想彌補一下。」

「有點詭異喔。」媽媽說：「你的氣色看起來糟透了，眼眶下圍都是黑的。」

「表示我用功啊，我走了！」

舒跑今天難得精神不錯，不必我拉，自己就跑在前頭。

我打算去客運站問問。

「您好！我想請問，有沒有見過一個老爺爺，總是帶著一頂黑色的毛帽，很瘦小，駝背，話不多，看起來很嚴肅……」

售票的叔叔，板著一張疲憊、面無表情的臉。他一直斜眼盯著舒跑，讓我緊張的抓緊繩子。

叔叔仍是一副撲克臉。

「那是別人的隱私，你問這個做什麼？」他說話的時候，不斷用眼角餘光盯著舒跑。

這時，舒跑突然湊近了那叔叔的腳邊，開始磨蹭起來。

「舒跑！不可以！」叔叔原本就不太友善，被舒跑這麼一蹭，搞不好要生氣了，我連忙制止舒跑。

「小狗乖！」出乎意料的，那叔叔蹲了下來，撫摸舒跑的頭和脖子，還露出了笑容，讓我一時錯愕的呆在原地。

「真是一隻好狗……我以前也養過一條狗，前一陣子生病走了……」他一面說著，一面露出懷念的表情。

叔叔不知怎麼的開始說起狗的事情。他說每天的工作都很枯燥，也沒有家人在身邊，只有狗狗會陪他……

「那個阿公的事情，你可以去問那邊的阿姨。」他指了指另一位女站員。

「阿麗！這個孩子要問嚴爺的事情，妳幫他一下好嗎？」

那位阿姨點點頭，招手要我過去。

我大致說明了來意。阿麗姨非常溫柔，讓我頓時放鬆了不少。

阿麗姨說，嚴爺脾氣不好，加上身上有股不好聞的味道，常常會惹得其他乘客和站員不高興。如果有人對他稍有怒氣，嚴爺就會表現出更激烈的動作和言辭，所以嚴爺出現的時候，大多是由她負責應對。

「嗯，我覺得他應該有重聽。」阿麗姨說：「他不太愛回答問題，有時還答非所問。」

我趕緊寫在筆記上。

看來阿麗姨是目前所知，跟嚴爺有最多互動的人了。

「阿姨，請問嚴爺出門，有什麼不尋常的地方嗎？比如說手上拿著什麼東西……」

「不尋常啊?我想想……」阿姨鼓起腮幫子想事情。

「對了!他每次都會提一個紙箱子。嗯,不是很大,大概這麼大。」阿姨用手在空氣中比了比,和阿金伯所說的差不多。

「不過,我不知道裡面到底裝什麼就是了。」阿姨說:「看阿公好像挺小心的就是。要我猜啊,應該是某種動物。」

「動物?」

「我好像聽過有動物在抓紙箱的聲音。」我驀然想起那隻黑貓。

「阿公常出門嗎?」

「嗯,」阿姨很喜歡用「嗯」來開頭,「大概一個月會出去一次,每個月的一號,早上出門,傍晚就會回來。」

「咦,這麼一說,這個月我好像沒看到他……」阿麗姨邊喃喃說著,邊偏著頭回想。

「阿姨沒看到他嗎?」

「對了,那幾天我排了休假,」阿姨說:「代班的同事今天剛好也輪休,我來問問看，她明天會來上班。」

「好。」

「嚴爺都買到哪裡的票呢？」

「都固定只去鵝仔寮。」

「鵝仔寮？那是什麼地方？」

「我也沒去過，只知道是個滿偏僻的地方。」

回家的路上，我想著，說不定嚴爺不是故意不理人，而是重聽。他養什麼寵物呢？又為什麼要固定帶動物出門？

滴零叮零叮！滴零叮零叮！快到家門口時，手機剛好響起，打斷了我的思緒，原來是大仔，他約我在門口見面。

「這給你。你別太認真啊，我跟阿毛道歉就算了，可別真的走火入魔，我很擔心。」

原來，大仔雖然覺得我著魔了，但還是從他家找來了一臺功能健全的錄音帶隨身聽，我趕忙將錄音帶放進隨身聽裡播放。唉呀，怎麼又不行？難不成太久沒用故障了？

我焦躁的翻來翻去，啊，原來是沒放電池。一陣翻箱倒櫃之後，我終於湊到了兩顆電池。

拿摩薩米希多……戴上耳機後，耳畔傳來佛經的聲音。

啊，原來是這樣的錄音帶啊，雖然我聽不懂，但是有種熟悉的感覺。小時候，外婆家好像偶爾也會播放這樣的佛經。

不知怎麼的，雖然還是聽不慣，但聽著聽著，心裡倒也升起一股平靜的感覺。會聽佛經的嚴爺，會是可怕的人嗎？

在佛經聲中，我上網查了查鵝仔寮，網路上沒有太多資訊，果然是個非常偏僻的地方。唯一查到的，是那邊有一大片墓地。

我吞了吞口水，背脊有點發涼。

嚴爺

阿姨要我隔天去找她，於是我又帶著舒跑去車站。

「啊！你來了！」阿麗姨一看見我，立刻熱情的跟我打招呼。

「我同事跟我說，她那天看到嚴爺來，不過，嚴爺沒有上車。他本來想買票，但後來突然回頭離開了。」阿姨說：「阿平，你說一下那天的狀況。」

「請問您知道他為什麼沒買票嗎？」我問了名叫阿平的姊姊。

「不知道耶，輪到他時就突然搖搖手，表示不買了，接著就轉身離開了。」

「請問……他手上也是帶著紙箱嗎？」我接著問。

「有！」阿平姊說：「就是上面寫著『喜悅山泉水』的紙箱，然後用紅尼龍繩綑綁，每次都這樣。」

「小玄，我還幫你問了喔，最近都沒有任何站員遇到嚴爺。」阿麗姨補充。

「阿姨，謝謝妳！」阿麗姨真是熱心，竟然還幫我確認了這件事。

「不客氣！」阿麗姨對我眨眨眼。

「對了！小朋友！」阿平姊叫住我，「箱子裡的，應該是貓！阿公要離開的時候，說了『兒子，今天不能去看阿母了』，我聽見箱子裡『喵』了一聲！」

啊！莫非……

我迅速翻看了最近調查的筆記：

六月二十九日：嚴爺上市場採買青菜、罐頭、燈泡

六月三十日：收到停電通知，預告七月三日將會斷電

七月一日：出現在車站，但沒有坐上車又離開

七月九日：開始出現鬼聲

買了燈泡，應該會要用電，收到停電通知，嚴爺應該會去繳費，而且他七月一號還有出現，但在這之後，嚴爺就消失了……

嚴爺可能沒有離開鎮上。換句話說，他可能還在家裡！會不會出了什麼意外……我莫名的慌張起來。

回到家，一開門，媽媽就迎了上來，連續拍打了我好幾下，一邊喊：「臭小鬼！幹什麼！嚇死人！」

「媽！你幹麼啦！」雖然媽媽力道很輕，但我完全不知道原因，感覺莫名其妙。

「你最近到底都在幹麼？上來！」

我被媽媽拉進了自己的房間。

「你自己聽，這是什麼鬼東西。」媽媽遞給我隨身聽的耳機，逼我戴上。

「吼……魯……嘎……伊………」

「哇！」這什麼啊！我嚇了一大跳，連忙拿下耳機。

「哈哈哈！你自己也嚇到了？」媽媽看見我驚惶的表情，笑得眼淚都流出來了。

「你小屁孩一個，跟人家聽什麼佛經啊？」

原來，我的隨身聽整晚沒關，電池的電力都快耗盡了，錄音帶竟然會發出那麼可怕的聲音，那聲音，跟我在嚴爺家聽到的很像！會不會………

「說說看，你到底最近在搞什麼鬼？」媽媽擔心的問：「我看得帶你去收驚了。」

「沒事啦，別擔心。」甩掉媽媽，我拉著舒跑，趕到年興唱片行。

我問阿金伯，錄音帶是不是有可能發出怪聲。

「有可能。」阿金伯說：「如果錄音機的磁頭壞掉、錄音帶壞掉，或者是電池電力不足，都有可能發出怪聲。怎麼了？你被嚇到？」

我心裡有種不安的預感。

「阿金伯，嚴爺很有可能還在家裡。或許，他需要幫助！請問您可以跟我去一趟他家看看嗎？」

舒跑、我，還有阿金伯，一起來到了嚴爺家。

那隻黑貓就在門前，盯著我們。

阿金伯大叫了幾聲，沒人回應，只好擅自推開鐵絲網門，進入院子。

阿金伯又大叫了幾聲，也敲了門，仍舊沒有人回應。

「應該不在吧？」阿金伯看著我說。

舒跑這時不知從何處拖來一個紙箱，上面寫著「喜悅山泉水」。

「阿金伯，嚴爺出門都會帶著這個箱子，我猜是裝一隻貓，貓還在，箱子也在，車站沒有人看到嚴爺出門，所以他可能還在家裡。」

阿金伯聽了猶豫著，不知該不該開門進去。

這時，舒跑不知怎麼的，竟然知道門邊有個小縫，一溜煙鑽進屋裡。

「舒跑！」

「嗷嗚——嗷嗚——」

裡面傳來舒跑的嚎叫聲，我不管三七二十一，用力推開根本不堪一擊的門，跟了進去，阿金伯也尾隨在後。

屋內物品凌亂不堪，空氣中飄散著令人作嘔的氣味。

而當我們掩著鼻子，找到舒跑時，也看見了躺在床上、虛弱不堪的嚴爺。他身旁，有一臺老舊的手提式錄音機。

鬼聲

嚴爺被救護車送進了醫院，治療後暫時沒有大礙。

後來我才知道，嚴爺的確有重聽，身體還有許多其他毛病。

他的太太生前每天晚上九點左右都會念佛經，她過世之後，嚴爺也每天在這個時間播放佛經給天上的老婆聽。

他每個月一號都會到妻子位於鵝仔寮的墓地去。那天，他本要搭公車去墓前探望，結果到了車站，突然身體不舒服，就折返了。

這幾天內，他沒有繳電費，電被停了。身體不舒服的嚴爺就這樣待在停電的家裡，靠著吃罐頭和剩下的東西維生。

他原本便習慣用一臺裝電池的錄音機播放佛經（是他太太一直在用的），結果錄音機有問題，發出了奇怪的聲音。

到了後來，嚴爺躺在床上，幾乎無法起身，但他還是堅持著每天九點按下按鍵，播放佛經。

這也是為什麼我們聽見了那以為是鬼的聲音。

而那隻黑貓，是嚴爺的太太還在時，一起養的寵物，名字就叫作「兒子」。

雖然別人都說還好有我，不然嚴爺可能會遭遇不幸，但我心裡面覺得慚愧。我自己也不是出於關心，只是想找出那鬼聲的祕密，沒想到湊巧幫助了嚴爺。

要是多一點人關心嚴爺，說不定，嚴爺就可以少受一點痛苦。

嚴爺不知何時才會從醫院回家，但每次經過他的房子，我都會帶一個貓罐頭，去餵那隻嚴爺稱作「兒子」的黑貓。舒跑和嚴爺家的黑貓兒子，不知怎麼的變成了好朋友，總是玩在一起。

儘管證明了鬼不存在，但由於不是大仔自己查出來的，所以阿毛自然不願意交出他的MAX4。阿毛倒是喜出望外的撿回了他哥哥的空拍機，想把MAX4送給我當禮物，但我沒收下。

媽媽對於我瞞著她「幫助」（她一廂情願的認定）獨居老人家的事情又得意又有些生氣，終究還是原諒了我，不過還是堅持叫爸爸壓著我去收了驚。

回想起來，雖然我無法證明，但我總覺得，舒跑一開始就發現事情不對勁了。

至於阿毛的空拍機為何那天會剛好掉在嚴爺家，倒是我至今無法解開的謎。

作者的話

我一直很喜歡恐怖玄怪和懸疑推理類型的故事──沒什麼比得上不可思議的謎團和緊張刺激的情節了！

在創作〈鬼聲〉的時候，我也試著把這些元素融合在裡面。儘管寫作的過程充滿了挑戰和困難，卻也充滿樂趣。由衷希望讀者閱讀時，也能覺得有趣。

此外，我想藉由〈鬼聲〉這個故事提醒自己：永遠保持好奇和想像力，永遠不要以貌取人，永遠不要停止關懷他人。更重要的是，要付諸實際的行動。

而我也由衷相信，每個人都有讓世界變得更好、更溫暖的能力。

王宇清

本體是一隻滿嘴尖牙，會噴酸毒的害羞妖怪，透過為小朋友寫故事找到平靜。

曾獲九歌年度童話獎、《國語日報》牧笛獎、九歌現代少兒文學獎、好書大家讀年度最佳讀物獎等。作品多見於《小典藏》雜誌。

聯繫信箱：grooveching@gmail.com

Facebook：王宇清的故事慢磨坊

驅魔偵探與食罪者

翁裕庭

阿布啦卡搭布啦，嗚哩嘰哇卡古啦。

我應該沒念錯吧？

其實我也不懂這亂七八糟的咒語是什麼意思。教我咒語的人是胡非，他自稱「賽伊特」——這個稱號令我露出黑人問號的表情，外界稱呼他「驅魔師」，也有客人叫他「驅魔偵探」，他卻一再叮嚀我不可以叫他「非爸」，「非叔」也不行，只有「非哥」才是唯一選項。

來找胡非的客戶不算多，不過每個月總有四、五人上門委託。老實說，我摸不透他的工作性質，也從來沒看過什麼驅魔場面，非哥說他根本沒在驅魔，只是幫人「清除身上的罪惡」而已。這話聽起來可玄了。罪惡要怎麼清除？非哥老是拍拍我的頭，叫我要把咒語背得滾瓜爛熟，還說總有一天會派上用場。

阿布啦卡搭布啦，嗚哩嘰哇卡古啦……阿布啦卡搭布啦，嗚哩嘰哇卡古啦……

至少背了有上萬遍吧，我從興致勃勃變成意興闌珊，念成了「阿布啦卡搭布啦，一二三四五六七，嗚哩嘰哇卡古啦，七六五四三二一……」這時，非哥終於徵召我出任務了。耶！

有錢人果然不一樣，什麼都很大。房子大、客廳大、椅子大，甚至連神桌上供奉的菩薩雕像也特別大。

「好可愛的小朋友，」一個老奶奶級的女士笑咪咪的對非哥說：「這是你的小孩？」

「我看起來這麼老嗎？」非哥板著一張臉說：「這是我徒弟，叫小欣。」

什麼小欣，人家我可是有名字的好嗎？敝姓袁，單名一個欣字。而且我不是小朋友，我已經小學六年級，算是半個大人了。

「原來是小徒弟。小欣，要請你多多幫忙了，」奶奶沒等我回話就直接對非哥說：「師父，謝謝你，特地來幫忙。」

非哥大搖大擺的坐在椅子上，他穿著黑色運動衫，外搭一件淺藍色西裝，下半身是坑坑洞洞的牛仔褲和紅色球鞋，脖子上掛著一條呈現SE字型的項鍊。要是再戴上一頂帽子，簡直就是嘻哈歌手的裝扮，哪是什麼令人肅然起敬的師父。

「好說好說。」非哥淡淡的回應。奶奶旁邊的老爺爺露出不以為然的表情。

「廢話不多說，」奶奶接著說：「這次請師父來清除不乾淨的東西，是我們家的……」

「等一下，」老爺爺突然打岔。「胡先生，不瞞你說，我個人反對內人找你幫忙，不過既然你人都來了，不如先露一手。請說說看，要驅魔的是哪一位？」

咦，這就叫作「交易之前要先驗貨」嗎？眼前這張長方形大理石桌，共有四張雙人座太師椅，我和非哥共坐一張，老爺爺和老奶奶隔桌坐在對面，一對中年男女坐在左側，右側是兩個男生，其中一個年紀跟我差不多大，另一個大概小我三、四歲。此外，那對中年男女的背後站了一個中年婦女，臉上表情畢恭畢敬，我猜大概是女管家吧。他們穿著家居服，但感覺都是質料很好的高檔貨，哪像我們這種衣服隨便亂搭的地攤風格，在這裡顯得格格不入。

「感謝你們一家人全員到齊，」非哥開始侃侃而談。「一般來說，若要清除不乾淨的東西，通常會叫小孩迴避，因為怕他們看到不該看的畫面，萬一在幼小的心靈留下陰影，那就不妙了。」

他轉頭看著右邊那兩個小男生。哥哥有黑眼圈，弟弟抱著一隻白色狗玩偶。

「我們應該好好關心這兩位少爺。」

這不是講廢話嗎？非哥最擅長的話術就是「言之有理的含糊其辭」。我瞄到大叔大嬸互看了一眼，看來非哥矇對了。

「師父果然厲害，」老奶奶接著說：「搞不好我這兩個孫子都得仰賴師父的法力加持。」

他們的眼神從懷疑變成了充滿期待。原來，長子宋一豪個性乖巧有禮，最近變得判若兩人，在學校頂撞老師、跟同學打架，回到家就躲在房間搞自閉。

「師父，我擔心他被不乾淨的東西附身了。」

老奶奶一邊說，一邊揉捏手腕上的那串佛珠。

「你們沒找心理醫師卻來找我，情況應該沒那麼單純吧？」非哥說。

大叔大嬸又互看一眼。

「我們的社區最近發生了兩起虐狗案，」老爺爺說：「牠們被打得遍體鱗傷。」

「爸，一豪不會做這麼殘忍的事情。」大叔插話了。

「我沒有指控他，只是懷疑而已，」爺爺說：「前天一大早，我出門時，發現他睡在家門口，但他不記得自己為何睡在外面。」

我偷瞄宋一豪一眼，他看起來無精打采，彷彿陷入恍惚狀態。這算失憶嗎？

「為什麼懷疑你的長孫和虐狗案有關？」非哥問。

一陣沉默之後，那位女管家說話了。

「大少爺的睡衣沾到血，我覺得那不太像是人血⋯⋯」

「而且他還恐嚇子豪，」大嬸補上一槍。「說要給威威好看。」

小弟弟把懷裡的狗娃娃抱得更緊了。這隻狗玩偶眼睛很大，看起來很無辜，應該就是威威吧。

「只是兄弟吵架拌嘴嘛，幹麼當真，」大叔試圖緩頰。「我可以保證，虐狗案絕對跟一豪無關。」

「我也可以保證，子豪真的嚇壞了，」大嬸眼睛直視著非哥說：「前天晚上，他突然抱著威威，哭得好傷心……」

「府上有突然失憶的家族病史嗎？」

「我們家沒有這種遺傳疾病！」大嬸激動的說。

氣氛變得很尷尬。打破靜默的是老奶奶。

「師父，為了保險起見，現在就請你為我的孫子作法收驚。」

「奶奶，事情沒那麼簡單，」非哥回答：「打個比方好了，生病看醫生時，醫生會做觸診或聽診，然後才對症下藥。接下來，我就是要做類似觸診和聽診的工作。」

「那我們要怎麼配合？」

「一切照舊，上班的上班，上學的上學，」非哥一派輕鬆的說：「奶奶您就放輕鬆，繼續過日子就行了。」

「你的……觸診要多久？我擔心會夜長夢多……」

「你們只要擔心一件事，」非哥手裡突然蹦出一張紙。「將來進行最後階段的療程時，不管看到什麼，絕對都不能對外界洩漏。這是一份保密契約，請派一位代表在上面簽字。」

我瞄到上面有一行字寫著：**若乙方有違反保密條款之事項，務必賠償甲方新臺幣五百萬元整……**媽呀，一時嘴快的代價居然這麼昂貴！

「高太太說這個師父很不簡單，」老奶奶毫不猶豫的拿筆就簽。「我們姑且相信他吧。」

非哥把契約放入西裝口袋，起身準備離開。經過兩個小男生面前時，他突然停步，伸手在宋一豪頭上摸了一把，手裡隨即出現一枚亮晶晶的金幣。

「咦，怎麼變出來的？」宋一豪不敢置信的問。

「送給你。」非哥說。宋一豪沒有伸手。

「收下吧。既然在你身上找到，那就是你的東西。」

宋一豪看看爸媽，見到他們倆點了頭才敢收下金幣。非哥走了幾步，伸手到宋子豪面前，接著搓揉拇指和食指，居然冒出煙來。

「小弟弟，你身上也有寶藏哦，」非哥講完這句話，轉身對大家說：「你們繼續正常的過日子，麻煩事交給我。」

宋子豪張大嘴巴一臉呆樣。哼，耍這種把戲來騙小孩。非哥微微一鞠躬，瀟灑的大步離開。我趕緊跟了過去，趁大門關上前回頭迅速一瞥，那對小兄弟的眼裡總算有了光采！

一切照舊，上班的上班，上學的上學。非哥的話說得真是漂亮，但我可就頭大了。

隔天是星期三，我得上學，而且還要充當非哥的眼線。因為我剛好和宋一豪念同一所小學！我是六年十班，宋一豪是六年二班，教室隔了一個操場。我們平時沒有往來，也不曉得對方的存在。哼，還以為是我的咒語發音很標準，獲得了非哥的認可，原來只是為了地利之便。看來非哥有先做功課，早就做了初步調查。

我稍微打聽了一下，我們班沒有人認識二班的宋一豪。沒辦法了，只好親自跑一趟。我穿越操場，利用午休時間去串門子，才剛到二班的教室門口，就發現裡面一團混亂：課桌椅倒了幾張，便當盒打翻了幾個，飯菜和餐具撒了一地。

「同學，怎麼啦？」我抓了一個同學來問。

「有人突然發神經大吵大鬧，攔也攔不住，還踢翻好幾張桌子，」那位同學瞪著我說：「你是誰啊？」

「該不會是宋一豪？」我不答反問。

「你是他的朋友？」

「還算熟啦。」我故意說得模稜兩可。

「那你應該知道啊，本來是個好好先生，這一陣子突然變得很兇，真是莫名其妙！」

「沒錯，這幾天他真的很反常。」

「什麼才幾天，已經快一個禮拜了。」

咦，一個禮拜前發生了什麼事讓他性格大變嗎？

那傢伙接著說：「對了，你知道那件事嗎？」

「哪件事？」

「前天早上，宋一豪進教室時還一副病懨懨的模樣，一直打噴嚏又流鼻水，全身都是綠油精的味道。中午我在走廊吃便當，不知打哪裡來的流浪狗，衝過來要搶我便當裡的雞腿，當時宋一豪剛好走過我旁邊，突然很神勇的伸手一擋，那隻狗居然定住，後來就夾著尾巴跑掉了。」

咦，狗會怕他？莫非他真的半夜出去夢遊，還把狗打了一頓？

「宋一豪人在哪裡？」

「他去保健室驗傷，」那位同學憤恨不平的說：「該檢查的是他的腦袋。」

我隨口哈拉了兩句，逮到機會就開溜去保健室。門打開一看，裡面只有宋一豪一個人，況且他不是躺在床上靜養，而是站在醫藥櫃前面。

「你在幹麼？」我出聲問道。

他猛然轉身，神情有點慌張，一看到我就露出嫌惡的表情。

「喔，昨晚那個小徒弟，」他質問：「你怎麼會在這裡？」

「你還記得我啊，」我也不客氣的反擊。「那你現在是好學生，還是壞痞子？」

「我是好是壞，關你什麼事？」

「當然跟我有關，」我走進保健室，順手關上門。「你現在是我的客戶。」

宋一豪口氣不屑。「要不是我奶奶堅持，你們別想踏進我家大門一步。」

「要不是你奶奶堅持，我才不想踏進你家大門一步。」

這時候我已經走到他面前，兩人之間的距離非常近，近到我一伸手或一抬腳就會碰到他。我全身保持戒備，深怕他變臉打人。眼看戰火一觸即發，哪知他突然嘻嘻一笑，隨即繞過我身邊，走到病床坐下來。

「你師父有教你那一招嗎？」

我愣了一下，頓時明白他在說什麼。

「你說那個啊。」我走到他面前，趁對方不備之時伸手碰了他的肩膀，接著縮手並手腕一轉，我的食指和中指之間已經挾了一枚銅板。

「穿幫了啦，」他冷笑的說：「銅板藏在你的掌心。」

「眼力不錯嘛，」我拍拍手，故作瀟灑的說：「這只是簡單的小魔術，關鍵在於手法要夠靈巧。我故意放慢動作給你看，這樣就不用大費唇舌解釋了。」

「是喔，」他半信半疑的說：「那摩擦手指就會冒煙的魔術呢？」

「那個也沒什麼啦，」我依序扭動五根手指，那枚銅板靈巧的滾過整排指關節，順勢掉入我的右掌心。「你把火柴盒側面的火柴紙撕下來，放到銅板上點火讓它燒起來，等那片紙燒完之後，會在銅板上留下黏黏的東西，你再將那個黏黏的玩意兒塗抹在手指上，輕輕摩擦就會冒煙了。」

「就這麼簡單？」

「說穿了，就是摩擦生熱……」

我右掌輕輕一抬，借力讓銅板往上躍起，等它墜落到我頭頂時，再伸出左手一抄，下一刻手一攤，銅板已從左掌心消失無蹤。

「將兩個戲法結合在一起。你頭上變出來的金幣早就預先塗上特殊材料，送給你之前趁機在手指上抹一抹，就會冒煙了。」

「你練了多久？」他從口袋裡掏出金幣玩。

「頂多一個小時。」

「真的假的？」

突然「喀嚓」一聲，護士阿姨開門進來了。

「什麼真的假的？」她生氣的說：「我看啊，受傷根本是裝的。」

我們倆面面相覷，不知該說什麼才好。

「聊得這麼開心。既然沒事，那就回教室去吧，上課鐘應該快要響了。」

聽她這麼一說，我們只好快步離開保健室。

「然後呢？」

「我們就各自回教室了。」

「然後呢？」

「沒有然後了。」

「你沒有利用下課時間去找他聊天？」

「沒有。」

「你放學後沒有跟蹤他？」

「我應該要這麼做嗎？」

非哥嘆了一口氣。

「所謂的『機靈』，是指師父交代了一件事，徒弟馬上聯想到第二件，甚至還有第三件。」

他停了一下，看我沒講話，於是繼續說。

「你的情報太過單薄。你要明白，面是由很多線共同組成，線又是由許多點來構成。如果只提供一點情報，我根本無法建立一份面面俱到的調查結果。」

我低頭，沒吭聲。

「放學後，你至少要去跟蹤他，看他回家之前去了什麼地方，遇到了哪些人。我們的工作，就是要在正常之中尋找異常之處。」

非哥倒了杯果汁，往我面前一放。

「現在換我，」他一邊打開筆電一邊說：「首先是宋家的背景資料……」

宋家經營的貿易公司是家族企業，規模雖然不大，但是獲利率很高，算是相當成功的中小型企業。十天前，決定退休的宋爺爺將總經理寶座交棒給他的兒子宋文華，這麼一來，便產生下一任接班人是誰的問題。

「通常不是長子嗎？」

「沒錯，」非哥點點頭。「問題是，宋一豪不是他們的親生兒子。」

原來宋文華夫婦結婚多年一直膝下猶虛，他們以為這輩子大概沒指望了，所以領養了一個小孩，沒想到四年後居然意外得子。當媽媽的經歷過懷胎十月的辛苦，自然較為寵愛老二。當爸爸的可能比較理性，覺得老大養育多年也有了感情，而且這個小孩乖巧聰明，因此並不排除讓長子接班。所以夫妻之間產生了矛盾。難怪以昨晚的情況來看，爸爸替長子講話，媽媽卻站在老二那邊。爺爺奶奶的立場倒是不明確。

「十天前的總經理交棒，促使下一任接班人的問題浮現。我猜宋一豪可能偷聽到大人講話，因而產生情緒化的強烈反應。」

「你所謂的強烈反應，是指他突然失憶？」

「這很難說，」非哥回答。「至於那位女管家，她其實是宋太太的遠房表妹，因為丈夫去世而投靠宋家。」

「這麼私人的情報，你怎麼查得出來？」

「靠人脈啊，」非哥得意洋洋的說：「就叫你好好學電腦，不是只用來打電動。」

非哥舉電影為例，每個故事的英雄主角幾乎都有個駭客朋友，可以駭入任何組織機構的主機，竊取任何資訊。厲害的駭客只靠一臺電腦，就可以在遠端進行操控，他們可以沿路變換交通號誌，甚至篡改監視器的側錄畫面。當然啦，他們的所作所為是犯法的，只不過，最頂尖的駭客來無影去無蹤，警方根本抓不到。

「接下來是虐狗案，」非哥邊說邊翻閱筆記本。「接獲民眾通報的動保處進行了驗屍程序。第一個案子發生在六天前，第二個案子是在三天前，都是毆打致死。」

「這算是連環案件？」

「不排除這種可能，」非哥闔上筆記本。「不過，目前個案只有兩件，要下結論還言之過早。」

「下毒手的人會是宋一豪？」

「一切還很難說。」非哥說。

我偷瞄左前方的那道房門。非哥都在那裡進行「清除工作」。至今我尚未親眼目睹，甚至連那道門也還沒踏進去過。有幾次我想偷偷進去參觀，可是房門總是上鎖。所謂的驅魔，到底是什麼樣的儀式？

「時候到了，那道門就會為你而開。」

看來非哥注意到我的視線，也察覺了我的心情。

星期四的午休時間，我又去六年二班串門子。宋一豪依然不在教室裡面。我找人一問，原來又去了保健室，不過他今天沒有發神經亂罵人，只說身體不太舒服。哼，騙誰啊，這麼喜歡上保健室，明明是在躲我吧？我衝去保健室，打開門一看，裡面只有護士阿姨在整理醫藥櫃，沒見到宋一豪。

「你那個同學宋一豪很莫名其妙，」她憤慨的說：「說什麼睡不好，問我能不能給他含鎮定劑的安眠藥。」

我邊說邊走進保健室，「你給他了嗎？」

「開什麼玩笑，怎麼可以給小孩吃安眠藥，」她氣呼呼的說：「我叫他躺下來休息，結果他趁我用電腦建檔時，偷偷起床去翻藥物櫃，害我得重新整理櫃子。」

「他找到了嗎？」

「我哪知道。」她關上一個抽屜，又開了另一個抽屜。

上課鐘響了。

「趕快回教室，我也有事要忙。」

結果白跑一趟，完全沒有收穫。

放學後，我聽了非哥的指示去跟蹤宋一豪。他一直往前走，完全沒注意到有人在後面跟蹤。來到分岔口時，右邊那條是回家的路，他卻踏上左邊那條。非哥說的沒錯，要在正常之中尋找異常。隨後他走進路邊的小公園，有個女孩已經在那裡等他。

我彎腰蹲下來，盡可能往前移動，但還是無法聽見他們的對話。那個女孩手長腳長，相貌清秀，眼神有點銳利，留著俏麗的短髮，身穿T恤和運動褲，看起來年紀跟我們差不多。他們相偕而坐，靠得很近。宋一豪朝著她的臉伸手……我趴在地上，正想要冒險向前爬行時，突然左小腿被拉扯了一下。我嚇得差點叫出聲來，回頭一看，是個有點眼熟的小男生。啊，我想起來了，這個小鬼是宋子豪。

「幹麼？」我用無聲的嘴形吼他。他對我招手，要我後退。於是我退到距離公園五十公尺以外的地方。

「你跟蹤我？」

「我在跟蹤我哥，」宋子豪小聲的說：「你插隊。」

這就叫作「螳螂捕蟬，黃雀在後」？我被人跟蹤卻渾然未覺，真是丟臉。

「你年紀太小了，」我板起臉孔說：「有些畫面還是不要看比較好。」

宋子豪用力抿嘴，突然笑了出來。

「他們沒做什麼啦，」他壓低聲音說：「我昨天也跟到這裡來，他們只是在聊天而已。」

可惡，二年三班的臭小子，居然敢取笑我！

「你知道那個女的是誰？」

「當然知道。」

「她是誰？」

他又抿嘴偷笑。

「快說，賣什麼關子？」

「你先告訴我，前天晚上的魔術怎麼變。」

跟我談條件啊。這小子還真賊。於是，我告訴他謎底，他透露我要的情報。

「就湯子好啊，我哥喜歡的那個女生。」

「她跟我們同校？」

「早就從世華國小畢業了，現在是念馬路對面的華泰國中二年級。」

差兩歲，姊弟戀？

「她是你哥的女朋友？」

「目前還不是。她家在菜市場擺攤做生意，白天賣菜，下午以後賣水果。人家可是很受歡迎哦，男生女生都喜歡她，她是籃球校隊。」

原來如此。運動員在校園裡通常是風雲人物。

「你聽見他們說什麼了嗎？」

又是沉默不語。

「下次我師父又變了什麼魔術，我再教你，這樣總可以了吧？」

他露出滿意的笑容。

「我聽見她說『最好這一、兩天要弄到手』，還有什麼『關鍵就在星期五』，但我哥說『沒關係，我可以搞定。』」

宋一豪到底要幹麼？

「你討厭你哥嗎？」

「不會啊，他只是愛嚇唬人，我才不會上當，」他又說：「我覺得梅姨還比較恐怖。」

「梅姨？」

「我們家的管家。她晚上都不睡覺，常常在房間走來走去，而且她看我哥的表情很古怪，好像當他是怪物。」

後來宋一豪和湯子妤走出公園，沒多久兩人就分道揚鑣。我和宋子豪繼續跟蹤，但正如他弟弟所言：他果真回家去了。我向非哥稟告此事。聽完之後他瞄了手錶一眼。

「才五點鐘，還來得及。」他拿起安全帽打算出門。

「去哪裡？」我快步追上去。

「拿你的安全帽。」

原來非哥的目的地是菜市場。我們停好機車，很快就找到那家水果攤，生意超清淡，只有一個阿姨在顧攤子。我們隨意逛了一下，牆上貼了好幾張籃球隊的海報，湯子妤占據最醒目的位置。非哥拿起幾顆蘋果，用指頭輕彈表皮聽聽有沒有清脆聲，那個阿姨卻不為所動，完全沒有要招呼我們的意思。非哥晃到收銀檯前面。

「這是你女兒嗎？」他指著海報說：「我是華泰籃球隊的球迷耶。」

那個阿姨斜眼看他，眼神透露著敵意。

「這是你的小孩嗎？」她指著我問。本來以為非哥會矢口否認，他的回應讓我差點跌倒。

「對啊，勉強還算可愛啦。」

「很可愛，」她總算露出笑容，「而且很貼心，這麼大了還願意跟你一起來買水果。」

「你女兒看起來也很貼心，」非哥說：「一定常來店裡幫忙。」

「唉，本來會啦，」她嘆了口氣。「自從加入籃球校隊之後，就很少來顧店了。」

「可是她籃球打得很棒，為校爭光，一定也讓你們感到驕傲。」

「只有我一個人，哪來的『我們』，」她怨恨的口氣帶了點無奈。「她那個死鬼老爸不爭氣，早就不曉得死到哪裡去了。」

「哇，你這個母親太偉大了，自己一個人把女兒照顧得這麼出色。很不簡單啊。」

「沒什麼啦，現在的父母難為，有時候要兇，有時候要哄，你一定懂的啦。」

非哥沒結婚也沒小孩，只見他點頭如搗蒜，還裝出心有戚戚焉的表情。

「小孩長大以後，就愈來愈難理解她在想什麼，」她一臉煩惱，「很多事都藏在心裡沒說。」

「這孩子也是啊，」他突然巴我的頭。「成績單不拿出來，還偷偷替我簽名交回去。」

「成績單是小事，」她苦笑著說：「最近，我女兒突然退出球隊，而且居然沒跟我說一聲。」

「那你怎麼知道？」

「我無意間聽到她在講手機。」

「她有說退隊的原因嗎？」

她搖搖頭。「我只聽到她說『我再也不要這樣了，退隊就退隊！』」

「你沒有當面問她？」非哥問。

「她哪會講啊，」她突然轉換成不好意思的口氣。「其實我偷偷問過她的教練。聽說這個教練很器重她，可是，打了幾次電話都沒找到人……」

她轉頭看著牆壁上的海報。

「可能這一陣子在忙國中籃球聯賽吧……」

非哥安慰了她幾句，然後我們就打道回府。回到家之後，他立刻打開筆電。過沒多久，我聽到筆電傳出喧譁的加油聲。我走近一看，他居然在看籃球比賽。

「她就是湯子妤。」他指著銀幕上一個運球上籃的球員。

哇，這個女生很厲害，腳步的移動很快，左右手可以交替運球，不但能切入籃下，也可以投三分球。只要她一得分，教練就會走到場邊跟她擊掌喝采，甚至還摸她的頭。

「這是以前的賽事，」我提出質疑。「看這要幹麼？」

「眼見為憑嘛，」非哥回答：「這樣就可以明白宋一豪為何喜歡湯子妤。」

原本我以為接下來要開會進行討論，沒想到非哥關上筆電，說要回房休息了。

「蛤？」我感到一頭霧水。「接下來我要做什麼？」

「寫功課啊，讀書啊，或是早點睡覺也好。」

「我明天的任務是什麼？」

「隨你便，什麼都不做也行，」他一副無所謂的口氣。「反正明天晚上應該可以結案了。」

蛤？什麼？明晚結案？但我還是茫然又毫無頭緒啊。我還來不及開口問，非哥已經關上房門了。

隔天星期五的午休時間，我還是走了一趟六年二班，看到宋一豪坐在位置上，雖然一臉若有所思，但至少安分守己沒鬧事。我知道他眼角瞄到我，卻裝作沒看見。為了以防萬一，免得非哥又怪我什麼都沒做，放學後我依然跟蹤了一段路，直到確認宋一豪真的要回家才作罷。總之，一整天下來，我一直處於忐忑不安的狀態。今晚真的能結案嗎？非哥該不會在唬我吧？

到了晚上七點鐘，非哥終於回來了。

「時候差不多了，走吧。」他一進門就說。

「去哪裡？」

「拿你的安全帽就對了。」

結果我們抵達的地方不是宋家大宅，也不是湯子妤家的水果攤。這裡算是住宅區的邊陲，路邊樹木每隔五公尺就種了一株，房子蓋得並不密集，而且多半是一樓平房。我們隱身於一棵大樹後面，隔著道路的正前方是一間平房，窗戶裡依稀透著燈光。

「來得正是時候。」非哥盤腿坐下來說。

「來這種鳥不生蛋的地方幹麼？」

「等著瞧吧。」

他居然就這樣閉目養神，甚至打起盹來。我望著天空發呆。雲層漸漸散了，月亮現身了，閃爍的星光也變清晰了……突然響起「砰」的一聲，我逐漸鬆懈的神經立刻緊繃。就在這個時候，前方平房的正門旋開來，兩條人影衝出門外，後面緊跟著一團黑影。我往前走了幾步，哪知那幾條黑影朝著我的方向猛衝，其中一條黑影突然停步轉身且伸手一擋，但落後的那團東西不為所動，眼看就要追上來了。說時遲那時快，有個東西擊中了那團黑影，阻止它繼續前進。我轉頭往左一看，路邊杵著另一條人影。在這當下，我終於看清楚怎麼回事：一隻體型龐大的狗追趕著宋一豪和湯子妤，而突然冒出來的是宋子豪，他拿石頭之類的東西砸中那隻狗的鼻頭，如今齜牙咧嘴的惡犬正要對宋子豪發動攻擊。

「小弟，快逃！」

宋一豪邊叫邊衝向大狗，卻撲了個空。我心想完蛋了，閉上眼睛不敢看，下一秒就聽到撲通的悶哼聲。我睜眼一看，宋子豪坐倒在地，而那隻狗軟趴趴的橫臥在地上，距離他不到十公分。這真是千鈞一髮！只見非哥走上前來，彎腰在狗身上摸索，然後抽出一根短針。

「我的針塗了足夠劑量的麻藥，夠牠好好睡幾個鐘頭，」他對宋一豪說。

原來針上有麻藥，沒想到非哥身手了得，射得這麼準。

「你幹麼跑來，」哥哥對弟弟說：「很危險耶。」

「我想幫你嘛。」弟弟說完，突然「哇」的一聲號啕大哭。

趁著哥哥抱著弟弟試圖安撫的時候，非哥轉身問湯子好：「到手了嗎？」她先愣了一下，然後搖搖頭。

「進去再說。」

非哥帶領大家走進正前方的平房。屋內的空間完全打通，既是客廳、餐廳，同時也充當臥室，整體而言稍嫌雜亂。沙發椅的旁邊有張工作桌，桌上有臺已經開啟的筆電。非哥停步在筆電前面。看來湯子好沒弄到密碼，所以無法登入。

「這可難不倒我。」

非哥拿出手機撥號，接著嘰哩咕嚕講了幾句話，隨後在鍵盤上面按了幾下，銀幕馬上切換成不同的畫面。

「搞定！」

非哥八成找了他的駭客朋友幫忙。只見他打開好幾個檔案，然後依序搜尋檢視，突然間我好像看到什麼，但那個畫面隨即被非哥關掉。雖然只有稍縱即逝的影象，但我似乎瞄到有人上廁所的畫面……

「你的教練用這個來威脅，甚至逼迫你退隊？」

湯子好默默不語，只是點頭。可惡，原來這個籃球教練是個變態，暗地在廁所拍下偷窺照，然後再逼迫女生就範。

「放心，沒事了，」非哥按了幾個鍵，「這些照片不會外流，而且我已經通知警方。受害者不只你一人，他賴不掉的。」

太好了，正義終於獲得伸張。不過，我們的事主是宋一豪而不是湯子好，我們到底來這裡幹麼？

「回家吧，」非哥下達指令。「接下來的事情由警方處理。」

我們離開時，那隻惡犬還在路邊睡覺。當下我心裡只有一個念頭：這樣就算結案了嗎？

隔天星期六上午，宋家七人走進客廳時，非哥和我在客廳恭候大駕。才隔了幾天，他們之間所散發的氛圍卻截然不同，情緒沒那麼緊繃了，而且彷彿有股凝聚力讓他們團結起來；最重要的是，那對小兄弟一直手牽著手，眼神不再黯淡無光。等大夥兒坐定之後，非哥站到眾人面前開講。

「感謝各位光臨寒舍。今天我們即將進行驅魔儀式，不過在正式結案之前，請讓我先說個故事給你們聽。」

咦，要先說故事？非哥在搞什麼把戲？

「從前從前有個國王，他和皇后的感情很好，膝下有兩個兒子，一家人過得和樂融融。一年一年過去，孩子們愈長愈大，有一天，夫妻倆討論到王位的繼承權。國王對兩個兒子一視同仁，皇后卻比較寵愛小兒子。大兒子聽到了他們的談話內容，於是開始鬧情緒、搞怪滋事，甚至晚上偷跑出去遊蕩，還在家門口昏睡。在憂心忡忡的長輩眼中，不禁懷疑大王子是不是被什麼髒東西附身了。」

咦，這個故事聽起來很像……非哥該不會是在藉古喻今？

「其實大王子根本沒事，也沒偷溜出去夜遊，他之所以昏睡在家門口，完全是皇后心腹搞的鬼。這名臣子揣摩上意，在餐飲中下藥迷昏大王子，把他弄得像是瘋子，目的是要讓二王子繼承王位。」

原來是梅姨在搞鬼，就是她指出宋一豪身上的血不像人血……如果當時有做化驗，搞不好能拆穿她的謊言。這會兒，宋家二老和宋文華夫婦全都盯著梅姨看，女管家卻低頭迴避眾人的視線。

「麻煩的是，大兒子不但生父母的氣，也對受寵的弟弟吃醋。他跟弟弟吵架，甚至故意找他麻煩，兩人的關係變得很緊張。此外，在這個心情浮躁的時刻，大兒子得知好友小湯被騙了錢，而那個騙徒持有一張小湯簽了名的借據。小湯想趁騙徒不在家，去拿回借據，但是騙子家裡養了一頭惡犬。好心的大兒子想要出手相救，他以為憑一己之力就可以擺平惡犬，然而小湯另有備案——在食物中添加安眠藥，設法讓狗昏睡。」

這麼巧，小湯和皇后心腹都採用同樣的伎倆，只不過一邊要迷昏狗，另一邊要迷倒人。

「計畫成功了嗎？」宋爺爺發問。

「差點就失敗了，幸好最後關頭有貴人相助。小兒子幫了大兒子的忙，兩人同心協力搶回小湯的借據，從此兄弟倆的感情變得更好了。」

「感謝老天爺啊。」宋奶奶捏著佛珠說。

「總之，大兒子搞出一連串風波，讓家人和長輩擔心受氣，儘管他的本性是善良且樂於助人，但他還是犯了罪，」非哥停頓了一下。「有必要進行清除罪惡的儀式。」

他以嚴厲的目光掃視眾人。

「在進入清除室之前，你們有三個選項：第一，放棄進入清除室的權利；第二，進入清除室，但務必戴上眼罩；第三，進入清除室，全程不戴眼罩。」

宋家七人一致挑選第三選項。既然能夠掀開面紗，一睹神祕儀式的真面目，換成是我，當然不要戴上眼罩。

「宋一豪，你是當事人，所以我要提醒你，你有權戴上眼罩，」非哥以嚴肅的口氣說：「但我個人認為你最好別戴。對你而言，這場儀式是個考驗，如果你能度過這一關，不被恐懼擊垮，日後人生道路上的種種磨難，就不會成為你的絆腳石。」

宋一豪看著他的父母，然後點頭同意。

「很好，請各位跟我來。」

非哥走到角落的房門前，伸手打開門，自己先讓到一旁。

「再度提醒各位，今天在此的所見所聞，千萬不可外傳，否則要付出巨額的賠償金，」眾人點頭之後，他繼續說：「各位請進。」

宋家七人全都進去後，非哥向我招手。

「你不是很想進來？時候到了。」

我進來之後，非哥關上房門，並請宋一豪換上連身白袍，隨即不見了人影。我趁機打量這個房間。這裡的空間其實相當寬敞。室內呈長方形，較長的兩面牆上有十幾座燭臺，天花板垂下一盞枝形吊燈，上面沒有燈泡只有紅色蠟燭。幾十支蠟燭不知何時全都點燃了，儘管室內沒有電燈，但是其明亮度毫不遜色，而且有一股詭譎怪誕的氣氛。這裡的陳設簡單，僅有擺在正中央的一張長方形木床，我看見宋一豪已經躺下來，雙手交疊放在腹部。包括我在內的其他人，全都站在床尾的地方。我心跳加速，既期待又害怕會看到什麼駭人的場面。

現場安靜無聲。不知過了多久，室內另一扇門突然旋開，非哥隨即大步走進來。我整個人當場呆住；我從未看過非哥這副打扮：他一身黑色西裝筆挺，腳上穿了亮晶晶的皮鞋，頭上的髮型整齊服貼，肩膀上披著一件黑色斗篷。在紅色燈火的照耀下，我聯想起中古時期的某位公爵，腦海裡也浮現出某種奇特的生物……

「宋一豪，你有罪，」非哥邊說邊繞著木床遊走。「你惹父母生氣，你對弟弟心存嫉妒，你還企圖在學校的保健室行竊。」

非哥走回床頭的位置時，宋一豪的胸膛上多了兩團黑色圓形物。不知為何我頭皮發麻，背脊發寒，心裡隱約覺得恐怖的事快要發生了。

「宋一豪，這三大罪狀，你可知罪？」

非哥厲聲吶喊，低頭彎腰並抓著床沿兩側。

「阿布啦卡搭布啦，嗚哩嘰哇卡古啦……阿布啦卡搭布啦，嗚哩嘰哇卡古啦……」

非哥念出咒語之際，他兩隻手臂各自滑出一條有拳頭那麼粗的灰蛇，並且朝著宋一豪蠕動前進。「啊——。」我不知道是誰叫出聲來，也不確定喊叫的人當中有沒有我。大家全都呆若木雞。宋一豪嚇得動彈不得，只能睜大眼睛。

阿布啦卡搭布啦，嗚哩嘰哇卡古啦……阿布啦卡搭布啦，嗚哩嘰哇卡古啦……

一條灰蛇爬上宋一豪的胸膛，另一條灰蛇蜿蜒前行至梅姨面前，像是在伺機而動。梅姨看著抖動的血紅蛇信，臉色瞬間變得慘白。不知過了幾分鐘，搞不好才幾秒鐘而已，灰蛇張口吞掉宋一豪胸膛上的兩團黑物，接著和另一條蛇開始往回縮，並沿著非哥的手臂後退，最終隱沒於斗篷之中。現場一片沉寂……應該是沒人敢發出聲音。非哥拉著宋一豪起身。他還沒站穩，一時腿軟往後跌倒，幸好被非哥伸手扶住。

「你一身罪惡已經清除乾淨，從現在起，可以展開全新的人生。」

話雖如此，宋一豪依然一副驚魂未定的表情。只聽到「碰」一聲，梅姨昏倒了。

送客之後，我呆坐在沙發上，對剛才的場景心有餘悸。

「等這麼久，終於看到了，」非哥在我旁邊坐定。「百聞不如一見吧？」

我摸著胸口，心跳還是很快。那兩條蛇應該不在他身上了吧？

「接下這樣一個案子，可以收取多少酬勞？」

「這種事你不必知道。」

雖然換了便服，那條有ＳＥ字樣的項鍊仍掛在非哥脖子上。

「ＳＥ是什麼意思？」

「Sin Eater的簡稱，我們稱之為『食罪人』。在西方是個非常古老的行業。為了讓死刑犯上天堂，食罪人會在行刑後的屍體上面放一些食物，然後吃掉，用這樣的儀式來代表犯人已清除一身罪惡，可以上天堂了。」

Sin Eater？英文發音不就是「賽伊特」？

「放在宋一豪胸口上面的東西是……」

「是他的罪愆。現在已經不存在了。」

「可是，把它吃下去的並不是你？」

「拜託，現在都已經二十一世紀了，凡事應該要跟著現代化才對。況且蛇來吞食罪惡，是有象徵意義的。」

「什麼象徵意義？」

「在伊甸園中，蛇引誘亞當夏娃偷食禁果，所以蛇正是引人犯罪的禍首。而讓蛇來清除罪惡，就好像蛇吞掉自己的尾巴一樣，不就形成一個完美的循環？」

老實說，他這番話又讓我聽得似懂非懂；我只知道整個儀式看起來很像恐怖片。

「這個儀式有用嗎？」

「因人而異囉，」非哥淡淡的說：「同樣一本書，有人覺得好看，有人覺得無聊；同樣一碗麵，有人覺得好吃，有人覺得食之無味。我只是提供一個管道，要如何感受和詮釋，這就要看個人的智慧與造化。」

我沉思片刻，還有幾個地方我沒想通。

「狗到底怕不怕宋一豪？」

「狗怕的不是宋一豪，而是他身上的薄荷味，」非哥說：「前幾天他因為夜宿家門口而著涼感冒，額頭和鼻子想必塗了濃郁的綠油精。」

啊！難怪昨晚狗又不怕他了，原來少了嗆鼻的綠油精。

「連環虐狗案的凶手是梅姨嗎？」

「我哪知道啊，」非哥聳聳肩。「線索不足。」

「這樣哪叫破案，那些狗死得不明不白啊。」

非哥沒理我，逕自打開電視機，正好撥出一則新聞快報：「警方根據民眾的舉報，逮捕了華泰國中的籃球教練鍾明旭，並且在他的電腦檔案中，搜出數百張如廁偷拍照，受害人包括未成年女性……」

在電視銀幕中，可以看到一名戴著安全帽的男子在警察的護送下走出正門，而後方有十幾個大叔大嬸緊追不捨，企圖用手裡的掃把或棍棒追打他。

「上廁所有什麼好看，這也要偷拍，下流！變態！」我罵道。

「好無聊，」非哥作勢要起身。「我去休息了。」

「等一下，」我趕緊說：「再讓我問一個問題。」

「問吧。」他打了個呵欠。

「阿布啦卡搭布啦，嗚哩嘰哇卡古啦，這句咒語到底什麼意思？」

非哥傾身朝我靠過來，迷濛的雙眼看著我，嘴角揚起一抹微笑，輕聲說了兩個字：

「祕——密！」

作者的話

在這本合集中寫了一個可能較為黑暗的故事，也許有些年幼的讀者會被嚇到，然而作者的本意只是想先打預防針，藉此告訴小讀者世上有惡的存在，但必然也有善的力量來抗衡，請大家懷抱勇氣來見證一切。

翁裕庭

筆名黃羅，臺北人，右手寫小說、左手寫評論的二刀流，嗜讀推理小說，在出版業從事過行銷、文案、編輯、翻譯、選書、撰寫導讀等多項工作，譯作有十餘本，小說作品有《尋找被詛咒的彩畫》與《尋找傳說中的奇人》，在《科學少年》連載短篇故事〈少年一推理事件簿〉，另有《名偵探的推手：推理文壇的百位人生勝利組》與《壞蛋總是撞到我》等電子書著作。

靈羊

陳郁如

希洋瞄了一眼潛水氣壓表，一切都在計畫中。希海在前面游著，他回頭看妹妹一眼，兩人對比著沒問題的手勢，繼續往前。希洋上下踢著蛙鞋，緩慢呼吸，穩定的跟在哥哥後面，一邊游，一邊欣賞周圍的珊瑚礁、熱帶魚群。

希洋現在十五歲，拿到潛水證照一年了，哥哥希海比她大三歲，潛水的經驗更久。三年前，媽媽去世後，爸爸搬到這個靠海的小鎮開潛水店，當潛水教練，本來不會游泳的兄妹倆，在爸爸的教導下，現在都各自拿到進階潛水證照。希洋非常喜歡這個新活動，她愛上海洋，喜歡海洋生物，喜歡在陽光的簇擁下進入海的擁抱，也喜歡在靜謐的夜晚探索黑暗、神祕的海洋。

希海游過一塊突出的礁岩，右轉往一個像峽谷一樣的地形游去。希洋正要跟上，卻感到腳上有點阻礙，她往下看，有個大塑膠袋纏住了蛙鞋。

希洋皺著眉頭，在海裡面看到垃圾實在討厭，而且這垃圾還纏住了她！希洋停了下來，伸手把塑膠袋拿下來，揉成一團，放進BCD（浮力衣）的口袋裡，她抬頭看，哥哥已經往右游了一段距離，她正準備跟上，一股洋流忽然從右後方湧來，推著她往左邊去，拉開她跟哥哥的距離。

洋流的改變不可預知，但也不是沒遇過，並不可怕。希洋被沖出一段距離，趕忙用手指扶住一塊身邊的礁岩，先穩住自己。當她再度抬頭，前方的哥哥似乎被岩石洞裡什麼東西吸引住，拿著手電筒往深處探視，沒注意到妹妹沒緊跟在身後。

希洋跟哥哥隔了一段距離，這道洋流超出她可以對抗的強度，她知道自己無法靠近哥哥，可是哥哥偏偏也專注在別的東西上，沒看到她落在後面。希洋偷偷在心裡把哥哥上上下下罵好幾遍，但是得想辦法引起哥哥的注意。

她一手扶著礁岩，一手拿出小刀，海裡無法喊叫對方，小刀敲著鋼瓶的聲音可以引起同伴的注意。她正伸手往後，要敲鋼瓶時，洋流又變強了，手下那塊小礁石承受不住洋流跟她的力量，斷了開來，她沒準備好，被海流帶著往前衝去。

等她被帶出一段距離，洋流才減弱些，總算可以穩住自己。她加了一些氣在BCD，平衡好浮力，放緩自己的呼吸，四周看看，已經看不到哥哥的身影了，剛才拿在手上的小刀也不知掉到哪去。

在海裡掉東西就是這樣，掉了就掉了，不可能回頭撿，她心裡覺得可惜，而且那是哥哥的刀子，等下他一定會生氣。不過誰叫他只顧自己！

他們一起潛水多次，以前也有過走散的經驗，所以希洋並不擔心。他們講好，互相尋找對方一分鐘，找不到不多留，馬上浮上水面，水面上會合。希洋有一分鐘的時間四處看看，或許哥哥也被洋流帶到這附近。

這區的礁岩比較高大，可能因為這樣，原本強勁的洋流到這裡被擋住，比較緩些。她游過幾個石塊，眼光被某樣東西吸引。她看了一下氣壓表，還有一點時間，如果是垃圾，那就順便帶走。

她游了過去，某個小小的、珍珠色的東西卡在礁石洞中，她伸手拿出來，一時之間不確定是什麼——形狀凹凸不平，摸起來硬硬的，感覺比較像是石頭，可是上面有刻痕，還泛著淡淡的、珍珠般的白光。她覺得有趣，隨手放進BCD口袋中。

希洋確定哥哥不在附近，決定開始上升，在離水面五米處，做了安全停留三分鐘，然後她浮出了水面，在BCD中充滿氣。

「希洋！」那是哥哥的聲音，帶著不耐煩，「妳跑到哪去了？」

「喂，我被暗流沖走了，你只顧著看你的，沒注意到我！」希洋吐掉口裡的呼吸器，也忍不住提高聲音。

「我不是借妳刀子，妳可以敲鋼瓶叫我啊！」哥哥游向她，繼續抱怨。

「我還來不及敲就被海沖走了。」莫名其妙，自己疏忽還怪別人。

希海看了她一眼，「我的刀咧？」

「呃……被沖走……」希洋小聲的說。

「喂！那是我最喜歡的刀耶！」希海泡過海水的臉看起有點變形，現在皺著眉頭，更是顯得歪曲猙獰。還好大家都說她跟哥哥長得不像。

「喂！你妹妹的性命比較重要，還是一把小刀啊？」希洋頂回去。

「妳看起來好好的，哪有什麼性命危險，好啦，我們上岸。」希海不耐煩的催促著。

希洋跟哥哥感情談不上特別好，但也沒特別差，就跟其他人一樣，手足間一定會鬥嘴吵架，然後又一起出海，一起吃飯、看電視。但是哥哥的態度還是讓她很不高興，跟潛水伴失散不是很愉快的經驗，潛水計畫要中斷外，還可能會有危險。他是哥哥耶，應該要照顧她才對啊，居然為了一把刀子跟她吵，太沒風度了！

他們上岸後，哥哥都不說話，她也懶得理他，兩人背著沉重的裝備，走回爸爸的潛水店裡。各自卸下身上的東西，歸位的歸位，沖水的沖水，泡水的泡水。希洋把ＢＣＤ口袋的東西拿出來，將那個纏住腳的塑膠袋丟進垃圾桶，然後她拿出一塊乳白色的石頭，一時想不起來，怎麼會有石頭在口袋？然後才想到，這就是那個會發光的東西。可是現在拿在手裡，看起來就只是一般的石頭，根本沒有什麼光芒。那時是眼花？還是海裡光線折射？總之，她現在手裡拿的就是一顆石頭，她有點失望，不過還是將石頭放入包包裡。

她背起包包，走路回家。他們家離潛水店不過半條街，三年前爸爸買下鎮上一棟透天三層樓的舊房子，還有附近一間靠海的潛水店面，小鎮大街在兩條街外，學校在五條街外，都是走路可到的距離，生活簡單又便利。

希洋不見哥哥，心想應該是打工去了，她也懶得理他，自己走路回家。她爬上三樓的房間，累得躺平在床上。不知道為什麼，突然又想起那塊石頭，打開包包，將石頭握在手上。

石頭大約十公分長、五公分寬，大部分是乳白色，不過上面有些淺黃色的斑，對著光，有些半透明，她仔細看，發現這塊凹凸不平的石頭呈現出羊的造型。這隻羊呈坐姿，頭轉向左邊，有種安靜祥和的感覺。希洋一向喜歡羊，她記得小時候，會吵著跟爸媽說，她不要屬雞，她要屬羊，爸媽老是笑著搖頭。不過每次買生日禮物，都會記得買羊布偶給她。很多小女生喜歡洋娃娃，她卻喜歡羊娃娃。

她手裡握著這個羊型石頭，心裡馬上喜歡起來，這隻羊刻得並不精細，卻有種古樸的美感。把玩著石頭，翻過來，她發現羊後方右腿部分有些損壞的痕跡。

她用手指輕輕撫摸著那個損壞的部分，忽然心裡產生一股疼惜的感覺，替這隻石羊覺得惋惜，替那傷痕覺得不捨。她自己也有些驚訝，不過是一塊石頭，為什麼自己有一種幾乎心痛的感覺。

就在這時候，冰涼的石頭在她的手心忽然有了溫度，不是傷人的燙，而是一種溫潤的暖度。本來乳白、半透明的顏色開始改變，變得愈來愈淡，要不是石頭的重量依然在手上，彷彿就快要從眼前消失了似的。

希洋瞪大眼睛，看著石頭，更令人訝異的是，這塊石頭開始發出光芒，整個石頭被一種如絲綢珍珠般的光芒包圍著。就像她在海裡礁岩縫中看到的一樣。

就在這時候，那圈光芒浮動起來，在石頭周圍輕輕晃動，似乎在掙脫石頭，然後那圈珍珠光脫離了石頭，浮在空中，向上飄了起來。

這實在太詭異了。希洋睜大眼睛，嘴巴也張得大大的。那個漂浮的光讓她想起海裡看到的小水母，圓圓、半透明的在水裡漂浮著。

她忍不住想用手指碰碰它，這時候，圓形的珍珠光圈居然開始變形，好像有隻無形的手在捏黏土一般，慢慢變形，光圈變成一隻羊的形狀。她伸出手，讓珍珠光的羊停在手掌上。

她仔細端看這隻羊，跟石頭羊差不多大小，但是長得像一隻活生生的羊，全身是珍珠光芒的毛色，非常漂亮！羊望著希洋，眼神柔和，嘴巴微張，然後動了動嘴，似乎在說話。

沒錯！希洋仔細看著羊，羊的嘴巴在動，臉上的表情也很熱切，很努力的要跟她說話，可是她什麼也沒聽到。

「你在跟我說話嗎？」希洋看著羊，認真的問：「我知道你在說話，可是我什麼也沒聽到。」

羊似乎聽懂了，停止說話，看著希洋點點頭。

「所以你聽得到我，對嗎？」希洋好興奮，想不到自己正在跟一隻從石頭出來的羊說話。

羊又點點頭。

「你想說什麼？」希洋問完，就發現不對，她沒辦法聽到，羊只能點頭回答「是」或「不是」。

羊歪著頭，似乎在思考什麼，然後定定的望著希洋。希洋正覺得奇怪，準備再想個點頭或搖頭的問題，這時候，她從羊那柔和的目光中看到一些東西。

說看到並不完全恰當，因為那不是真的有什麼東西出現在眼前，比較像從腦海中看到，像做夢般，但是理解清晰，影像清楚。

那是在久遠年代的商朝。一個七、八歲的小女孩跟著一個年長女子走在黑暗的山路上，兩人神情驚慌，腳步紛亂……

「娘走不動了，彙兒快走，跑回村裡，去跟爹爹求救。」女子腳步蹣跚，氣喘噓噓。

「我不走，我扶著娘，我們快到了！」彙兒焦急的說。她圓圓的大眼充滿擔憂，攙著母親，才往前走了兩步，女子一歪，倒在路邊。

「妳快走，快走……」她推彙兒。

「不，娘，妳快站起來呀！」

彙兒拉扯著娘，同時聽到一聲狼嚎。她們整晚趕路，就是要在狼群攻擊之前回到家，可是現在娘親跌坐在路邊，狼群看出她們體弱，更加大膽的圍上來，三對黃濁的眼睛就在身後不遠處，正朝著她們走來，準備進攻。

就在這時候，眼前白影一閃。

「那不是大白嗎？」娘親低喊。大白是家裡的母羊，全身白毛，體型特大。牠這時全力衝向狼群。

「大白回來啊！牠們會吃掉你的！」彙兒大喊。

可是大白就是全身一股勁兒，眼睛泛著精光，咩咩叫著，朝著狼群而去。說也奇怪，狼群開始低聲嗚嗚，像是受到驚嚇，隨著大白的接近，一步步後退，然後轉身奔跑而去。

母女倆都看呆了，大白咩咩叫幾聲，確定狼群走遠，過來挨著兩個人，彙兒的娘親感受到羊的溫暖，慢慢恢復體力，站了起來，在彙兒的攙扶跟大白的保護下，兩人一羊慢慢的平安走回家。

希洋眼前的場景一換，看到彙兒已經不是小女孩的模樣，大約十五、六歲，在一塊農地跟六隻羊兒一起，她可以感覺到，這六隻羊是大白的孩子，而生下這六隻小羊後，大白就去世了。彙兒跟六隻羊兒的感情非常好。

影像中，六隻白羊長得一模一樣，身上的白毛微微發著亮光，好像帶著珍珠的光澤，而眼前這隻從石頭化出來的羊，就是當時的其中一隻。

彙兒跟羊群們坐在草地上，羊兒們安詳的嚼著草，彙兒則是滿臉擔憂。這幾天，有一群人來到家裡，他們是大商王的親戚。他們占住了房間，吆喝爹娘準備吃喝，這樣白吃白住，任意糟蹋了好幾天。今天他們說了，有人通報，說彙兒家有六隻罕見的珍珠羊，而且這六隻羊有靈性，他們奉命前來帶羊回殷城，準備讓牠們當羊牲，用來祭祀先人，奉獻給神靈，說這是這些羊的福分，也是他們一家的福分。明天就要帶六隻羊上路回都城，還要他們謝過王的恩賜。

彙兒看著太陽西下，這些羊就要被帶走了，她非常不忍心，決定悄悄放走羊。等到天暗，趁大家在睡覺，彙兒偷偷走出屋外，打開農地的柵欄，但是這些羊怎麼都不肯離去。彙兒只好先硬拉著兩隻羊，扯著牠們往外走，她一次沒法拉六隻，所以打算分次帶離。只是這兩隻羊也很固執，彙兒帶牠們來到村外，看彙兒回頭走，也跟了上來，彙兒只好又拉著牠們往山上走，一直走了好遠一段距離，兩隻羊才願意離開。這也耗去許多時間，等到彙兒匆匆忙忙再度回到家，卻發現太遲了。

她的雙親被亂刀砍死，血流滿屋，農地其他動物慘遭殺害，無一倖存，另外那四隻羊則不見蹤影。

原來有戍者半夜起來，發現要貢獻給王的羊少了兩隻，而且屋主的女兒也不見了，他們震怒之下，殺光了屋內外的全數人畜，同時擔心任務沒有完成會為自己招來禍害，就連夜將另外四隻羊帶回殷城。

原來這些羊有靈性，感覺到這家人將有難，如果牠們全走掉，彙兒回家後就會跟著被殺死。而這兩隻被帶走的羊，等到屋內的殺戮都結束，戍者離開後，才讓彙兒回去。

彙兒非常非常傷心，她的家人都被殺害了，她含著淚，準備替他們收殮時，發現娘親身旁的地上有些痕跡，她仔細看，是娘親用最後一口氣，以沾血的手寫下的字：巫比。

她小時候聽過娘親提起巫比。巫比是巫師，會驅魔降福，曾經在宮中擔任巫祝，某一次得罪小王之後，被流放到南方，之後他在各方流浪，幫助過不少人。娘親的意思，是要她去找巫比。

彙兒了解現在只剩自己一個人，這個地方不安全，一定要趕快離開。她擦乾眼淚，埋葬了爹娘，擦掉地上的字之後，她決定遵照娘親的意思，去找巫比，但是在那之前，她要去山上找那兩隻羊。

那兩隻羊彷彿知道彙兒會回來，就在原地吃草。彙兒好開心見到牠們，但是也替牠們覺得傷心，牠們同胎生的四個手足都被帶走了，彙兒抱著牠們悲傷流淚，牠們也挨著她低聲嗚嗚。

希洋腦中的場景再一換，彙兒正在跟一個滿臉皺紋的乾瘦男子說話，看來她花了一些時間，終於找到巫比了。

彙兒帶著羊，將事情的經過說給巫比聽，「……所以，娘親希望我來找你。」

巫比瞇著眼睛看著彙兒，臉上的皺紋擠在一起，快要蓋住眼睛了，「她希望我施巫術保護妳，讓妳不會也死於非命。」

彙兒點點頭，但是似乎並不怎麼在乎自己的性命，「謝謝巫比，不過我想知道，另外四隻羊現在如何了？我要去救牠們！」

「我可以用巫術幫妳看，不過被抓去當牲祭的動物，通常都逃不過被宰殺的命運，我什麼也不能保證。」巫比沉重的提醒她。

「彙兒了解。」她堅強的說。

巫比從懷裡拿出吉金小刀，一塊香木，一片龜甲，他用小刀在龜甲上刻畫一些文字和圖紋，然後嘴念咒語，在香木上撒下一些藍色粉末，粉末碰上香木，馬上燃起藍色的火焰。他把龜甲拿在火上燒烤，龜甲發出嗶波迸裂的聲音，巫比凝望著龜甲好一會兒，然後閉上眼睛，身體微微晃動。

「這四隻羊……」巫比聲音低沉，「被送到殷城後，王宮裡的大巫奎看他們通體珍珠白，認為是靈羊，因此主持了祭典，殺了四隻羊獻給商王的祖先跟神靈。」

彙兒閉上眼睛，神情痛苦，撫著羊的手微微顫抖。

「那牠們的魂魄呢？」彙兒張開眼睛問：「有沒有到達天神的身邊，得到平安和喜樂？」

巫比再度凝神施法，這次花了更久的時間，「大巫奎收集牠們的鮮血，命鑄工製陶範，然後將羊血融入滾燙的吉金溶液，把金液倒入陶範，製成兩個酒樽。用巫術將兩隻羊的魂魄鎖在一個酒樽，另外兩隻的魂魄索在另一個酒樽。商王非常滿意，將這兩個酒樽分別賜給兩個王子，世世代代保佑他們的子孫。」

「啊——」彙兒一聲呻吟，爹娘告訴過她，萬物的生命有限，但是死後的魂魄如果得到天神的眷顧，那會是無上的尊榮與喜悅，「所以，你是說，牠們死後，魂魄仍然不得升天，還是被巫法控制住？」

「是的。」巫比的語氣充滿無奈。

「至靈的巫比，」彙兒跪在他的腳邊，不停的磕頭，「請您用巫法救救這些魂魄，讓牠們得以自由，日後跟牠們的兩位兄弟相會，在天上得到天神的眷顧吧！」

巫比搖搖頭，「大巫奎的力量比我大多了，我無法破他的巫法。」

「求求您，一定要幫幫忙！」彙兒磕得更用力了，「牠們的母親救了我跟我娘的性命，牠們跟我一起長大，就像我的手足家人啊！」

巫比望著她，若有所思。他伸出乾枯的雙手，握住彙兒的手，放在藍火上，「妳這麼執意，或許，我可以借妳部分的力量。巫者有巫者的力量，人有人的力量。」

「真的？」彙兒問，心中抱著一絲希望。不過巫比已不再言語，彙兒感到一股藍煙從火中升起，熱氣在兩人的手指間流竄。

巫比張開眼睛，緩緩的說：「聽著，我的巫術有限，沒有能力解大巫奎的巫法，但是，我用巫法將妳我的力量傳給酒樽裡的魂魄，未來的某一天，兩個酒樽會相遇，魂魄的力量就會增強，到時候，就可以打破大巫奎的咒語，釋放四隻羊的魂魄。」

「那時牠們就可以到天神身邊？找到這兩隻羊的魂魄，從此永遠在一起了？」彙兒期待的問。

巫比再度向遠方的四隻羊探索心念，「牠們慘遭殺戮，魂魄被迫禁錮，怨念已升，恐怕不是如此順利。」

「什麼意思？」彙兒焦急的問。

「怨念帶著邪氣，會危害人間。」

「那怎麼辦？要怎麼解？」

巫比沉吟，看著彙兒身旁的兩隻羊，用手輕輕撫摸牠們，閉上眼睛，「牠們的兄弟或許可以幫忙。」

「求巫比示下。」彙兒又下跪又磕頭。

巫比從懷裡掏出一塊圓形玉石，施以巫法，用吉金小刀在玉石上雕刻，沒多久，雕出一塊兩隻羊相連的雕像。巫比對著玉雙羊，再度施法。

「商王知道還有兩隻羊在人世，會派人來追殺，不過放心，我的巫術雖然沒有大巫奎那麼高強，但是保護你們綽綽有餘。你們不會被找到，可以安享天年，自然的結束生命。而這兩隻羊死後，魂魄會附在玉石上。我告訴牠們，其他四位兄弟需要牠們倆的引導，六隻羊才可以一起升天見天神，所以牠們自願將魂魄附在玉石上。等到兩個吉金酒樽相會，四隻羊的魂魄被釋放，這兩隻羊的魂魄就可以引領著牠們，一起去見天神了。」

巫比說完，將玉石放在彙兒的手掌心，「好好保存，這玉石可保你們三個平安。」

彙兒大喜，接過玉石，放在手心端詳。

到這裡，腦海的影像消失，希洋發現自己跟彙兒最後一幕的動作一樣，仔細的看著手中的石頭。

她理解，原來這不是一般的石頭，這是一塊玉，是商朝時流傳下來的。只是，跟剛剛看到不一樣的是——現在這玉只剩下一隻羊，另外一半已經不在了。

「妳能聽得到我嗎？」一個細微的聲音隱約傳來，希洋抬頭，是來自那隻泛著珍珠光芒的羊。

「可以！我聽得到！」希洋興奮的喊著。

「太好了！」小羊輕柔的語氣帶著開心，「巫比的通心術總算有效了。」

「為什麼之前我聽不到你的話？」希洋問。

「妳還是聽不到，我不會人語，就算我會，我說的也是商朝人說的話，妳不會懂的。我用的是巫比的『通心術』，用心意溝通，不是語言。妳看了我傳給妳的影像後，跟我的心念更加接近，所以通心術才發生效用。」雖然聽到的不是小羊的語言，但希洋可以感受到牠耐心、溫暖的解釋。

「所以，那些都是真的？」希洋對於商朝的巫術又好奇又敬畏，「你就是兩隻倖存的小羊之一？」

「是的。」

「你有名字嗎？」希洋又問，同時也自我介紹，「我叫希洋。」

「本來我們六個也沒有什麼名字，後來只剩下我們兩個後，彙兒跟我們相依為命，她就叫我羍（ㄉㄚˊ），另一個兄弟是羒（ㄈㄣˊ）。」

「羍……」希洋喃喃的說：「想不到，我居然撿到一塊商朝的玉，而且上面還有羊的魂魄……」

「希洋，我希望妳不要將這件事告訴其他人，但是我需要妳的幫忙。」羍溫柔的聲音變得嚴肅，而且帶著憂傷。

「好，沒問題，我答應你。發生什麼事？我可以幫上什麼忙？」希洋想想，這種事說出去，應該也沒人會相信吧！

「妳剛剛也看到了，妳手上的玉，應該是兩隻羊坐臥在一起的。」

「另外那隻就是玢，對嗎？我正要問，為什麼玉的另一半不見了？」

「彙兒帶著我們遠離殷城，逃開追殺，我跟玢的壽命結束後，魂魄進入了雙羊玉中，彙兒帶著玉一直到老去，死後這玉跟著她入土。我們耐心等著兩個酒樽相遇，六隻羊的魂魄可以一起上天去見天神。」一伞緩緩的說：「幾千年過去，有天，有人鑿開彙兒的墓，拿到雙羊玉，我和玢很開心，終於出土見到天日了，我們倆現身在這人的面前，結果這人驚嚇過度，以為遇到什麼妖怪，請了道士來施法，道士法力微薄，當然沒辦法滅了我們，但是他把玉鑿成兩塊，以為這樣就沒事了，還將兩塊玉分別丟進大海裡。」

「我們的魂魄是跟著玉石一起的，兩塊玉石在海裡失散了，我跟玢也就失散了。」希伞嘆了一口氣。

「我懂了，所以你希望我不要告訴別人，就是怕有人受到驚嚇，又傷害你。」希洋點點頭，「不過，你為什麼要現身呢？如果不現身，我也不會知道這些事，不是嗎？」

「沒錯，但是我必須冒這個險，因為我可以感覺到，那兩個酒樽快要相會了，四隻羊的魂魄就要掙脫大巫奎的巫術，出現在人間，到時候，我跟羒一定要在一起，才能帶牠們去見天神。不然牠們的怨魂會造成莫大的傷害。」

希洋感到一陣不安，「你、你該不會希望……我幫忙找到另一塊羊形玉吧？」

「妳可以的！妳不是找到了我嗎？無邊無際，深遠遼闊的大海，妳可以找到我，一定也可以找到羒！」羍熱切的說。

「你也知道海有多大，我找到你真的是運氣啊！」希洋頓了頓，補充說道：「我當然願意幫忙，可是這是非常渺茫的事。不要說海這麼大，有多難找，說不定另一塊玉石也被其他人撿起來帶走了，這樣，可能在海裡、在陸地上，等於可能在世界上的任何地方啊。」

「希洋，求求妳，請一定要幫忙啊！」羍苦苦的哀求。

希洋一向喜歡幫助人，有人說她雞婆也無所謂，像是每次潛水看到垃圾，她也會拿起來。不像哥哥，都覺得那不關他的事，反正清也清不完，而希洋就會覺得只要盡自己之力，拿一個就少一個。可是，伞的要求實在太難了，她會潛水，非常了解海面下環境的多變化，洋流的方向、力量，都不是任何人可以預知的，要去找一塊小小的玉石，真的是不可能的任務啊！

「你說兩個酒樽要相會，牠們長什麼模樣？什麼時候在哪相會啊？」希洋好奇的問。暗暗的想，或許可以在找到另一塊玉羊之前，先阻擋牠們相遇。

「那是不可能的，」伞好像知道她在想什麼，「該發生的運勢就是會發生，阻止不了的。而且，我也不知道牠們長什麼樣子，什麼時候會相遇，我只能感覺到這麼多。希洋，妳剛才也知道了，巫比說，牠們的魂魄充滿怨恨，那樣的力量會危害世間啊！」

「我一定盡量幫忙。」希洋一股豪氣升起，雖然也不知道從哪幫起。

「太好了！」伞高興的踏著腳，「妳把我帶在身邊，只要靠近扮，我就可以感應到牠的存在了。」

「喂，妳不要偷聽我的想法啦！」希洋雖然嘴裡抗議，不過她很佩服，這樣的確容易多了。

「不是故意的啦，如果妳心裡想的事跟我們有關，那我自然會感應到。」聿解釋著。

「希洋！」哥哥在樓下喊，同時傳來上樓的腳步聲。

「是我哥，你快回石頭裡。」希洋催促聿。

「那是玉，不是石頭。」聿瞪了她一眼，珍珠光一閃，希洋手中只剩一塊玉石。她趕快將玉石放進抽屜裡，哥哥正打開房門。

「我不是說，要先敲門嗎？」希洋口氣不耐煩，不過這種事已經吵了好幾遍，希海從來不在乎。

果然哥哥完全不理她，「妳是不是拿走了我的黑色外套？」他不等希洋回答，逕自去床上那堆衣服翻找。

「喂！你不要碰我的東西啦……」希洋奔過去，試圖阻止希海，但是希海已經撈起一件衣服，正是那件外套。

「妳看！跟妳講過，不要拿我的衣服！」希海瞪她。

「誰稀罕你的衣服啊，是爸爸上次收衣服時沒弄清楚，放我床上的耶！」希洋氣呼呼的把那堆散滿床滿地的衣服收在一起。

「那妳不會拿給我啊？」希海的話聽起來真是無理。要不是希洋希望他快離開，好繼續跟牵講話，真的會跟他吵起來。

希海看希洋不理他，以為她怕了，更乘勝追擊的說：「妳用我的東西都不愛惜，像是那把潛水刀，我打工存好久的錢才買的，我自己都沒用幾次，妳就弄丟了，那時候我在便利商店上夜班……」

哥哥又在說那個上夜班時遇到搶劫的事情，說那有多嚇人、多可怕，她覺得希海碎碎念的功力其實一樣恐怖。

「你有完沒……」希洋覺得自己的眼球都要翻到屁股去了，正想趕哥哥出房門，忽然靈機一動——潛水刀！

「哥，對不起啦，不然這樣，明天我們再下水，去找找看，說不定可以找回來？」希洋盡量讓自己的表情看起來真誠又抱歉。

「什麼？」希海疑惑的看著她，希洋不但沒回嘴，還主動提議幫忙，這太出乎常理了。

「好啦，就這樣，你這麼辛苦打工買的，丟掉好可惜，」希洋努力保持眼神的真誠，不往後翻，「總要試試看嘛，沒試肯定沒機會，說不定可以找到呢！」

「也好，」希海還是有點困惑，不過看希洋這麼積極，他的態度也緩和下來，「我今天在礁岩洞看到一個亮亮的東西，不過發現妳不見了，我只好趕快浮出海面，沒仔細找，明天再去看看。」

亮亮的東西？會不會剛好就是另一個玉羊？希洋心裡怦怦跳，不管怎樣，明天下海去看看。

希洋確定哥哥下樓後，拿出玉羊，羍又出現在眼前。

「你剛剛聽到了嗎？」希洋興奮的問。

「沒有，跟我們有關的，我才感應得到。」羍說。

沒聽過這麼自私的法力，希洋又忍不住翻白眼，「你不是要我去海裡找另一個玉羊嗎？爸爸不允許我一個人潛水，所以我要哥哥陪我去，他答應了！而且他還說今天也在海裡看到一個亮亮的東西，說不定就是另一個玉羊。」

「太好了，」羍也顯得很開心，「希望在兩個酒樽相會之前，可以找到犳。」

不知道那兩個酒樽長什麼樣子？希洋充滿好奇，打開桌上的電腦，在搜尋引擎打入「商朝，吉金酒樽」，結果出現一堆青銅器的照片。

「這些看起來是酒樽沒錯，可是不應該是這樣綠綠的，應該是金黃色的啊！所以我們才叫吉金。」伞也湊上來看。

希洋再繼續搜尋，讀了一些資料，「你說的沒錯，純銅是帶紅色的，但是純銅製品過軟，夏朝時的人就知道加入錫和鉛來製作青銅器，或許就是你說的吉金，等到冷卻變堅硬了，剛製造出來時，的確是金色。可是埋在地下幾千年，經過氧化鏽蝕，表面形成了鏽斑，就是現代人看到的青綠色。所以我們才叫青銅器。」

「原來如此。」

「只是你看，」希洋指著電腦螢幕，「酒樽的造型這麼多，怎麼知道是哪兩個？」

「商王拿牠們做牲祭，會不會做成跟羊有關的酒樽？」伞的建議不錯。希洋重新打入關鍵字「羊，青銅器，酒樽」。

「哇，好多不同的羊造型青銅器。」希洋一個個看下去。

「你看這個！」希洋瞪大眼睛指著螢幕，「『四羊方尊』，好漂亮的酒樽啊，而且剛好四隻羊耶！會不會就是你的兄弟？」

伞搖搖頭，冷靜的說：「巫比說，牠們被製成兩件吉金酒樽，所以不是這件。」

「這樣啊。」希洋嘆口氣。眼光依依不捨的離開，這件青銅器造型華麗、雕刻精緻、栩栩如生！雖然不是這件，但也給了希洋靈感。四隻羊分到兩個酒樽，那一個酒樽就會有兩隻羊。

她再重新輸入關鍵字「青銅，雙羊，酒樽」。

出來了！她眼睛發亮，眼前這座酒樽是兩隻羊背對背，雙羊背上托著容器，上方是橢圓形的開口，全身布滿麟紋，側面還有饕餮紋。兩隻羊的前蹄則形成酒樽的四足。

「會不會是這個？」希洋問。

「我也不確定，有可能。」伞看著電腦螢幕，終於忍不住問：「這是什麼？是你們的天神嗎？妳在請神祇給答案嗎？」

「哈哈哈……」希洋忍不住大笑，對於一隻商朝來的羊，要解釋現在的電腦網路，的確不容易，「不完全是，不過差不多啦！這叫『電腦』，我的確是向它問線索。」

「那它可以卜占這個酒樽在哪嗎?」牵問。

希洋查詢了一下,「這座雙羊樽被收藏在大英博物館,那是在英國,在遙遠的海的那端。」

她一邊補充說明,一邊繼續查資料,發現另一個連結,她點開來看,忍不住手心冒汗。她把訊息念出來。

「東京根津美術館即將舉辦『動物禮讚』特展,根津美術館收藏許多珍貴的中國青銅器,最引人注目的館藏是『商朝雙羊樽』。本展特別邀請大英博物館一同展出另一件類似的青銅器館藏。收藏於大英博物館的商朝雙羊樽,與根津美術館的館藏造型相似,都是雙羊相背、頂著酒器,但各有細微差異,大英博物館的雙羊樽,羊的下巴跟下腹有鬍鬚。世上僅有這兩件相似的青銅器,同時展出,將是難得的盛會。美術館將舉辦揭幕儀式,讓兩件作品在開幕當天正式見面。」

她抬頭看著牵,「這一定就是你說的,兩個酒樽將要相會!你兄弟的魂魄將脫離大巫奎的禁錮,要重現世上了。」

牵的表情凝重,「看來,真的要發生了。」

希洋看了一下展覽日期，「是下星期，還有七天！」不管是大英博物館，還是根津美術館，都是大型機構，這樣的展覽定下來，幾乎不可能更改，就像夆說過，該發生的運勢是不可逆的。

「你們的巫法，比商朝的巫法強上許多，不僅能看到酒樽的樣子，還知道牠們的所在，甚至能精確的預知未來，而且還不用人牲、動物牲的祭祀，太令人佩服了。」夆感嘆的說。希洋聳聳肩，網路這東西，跟巫術確實很像。

「我們有七天，一定要找到另一個玉羊。」夆抱著希望說。

希洋不敢抱太大希望，不過也願意試試看。

♈

第二天，她跟哥哥再度下海。這次她要求游在前面。「我知道哪掉的，我領路。」哥哥聳聳肩，沒有反對。

希洋把玉羊放進口袋，這樣玉羊如果感受到什麼，就可以馬上告訴她。

他們像昨天那樣，潛到峽谷附近，哥哥向前指指，她大方的表示同意，其實她自己更好奇那個亮亮的東西是什麼。

他們往前游，哥哥用手電筒往珊瑚礁岩洞內照去，果然有個銀色的東西在裡頭，哥哥用手去搆，拿出一個銀色的錫箔紙。

她有些失望，不是玉羊。她轉過身，往另一個方向游去。

她先經過昨天跟哥哥分散的地方，四處看看，沒有刀子的蹤影，也沒有什麼珍珠色的玉石。她再往前游，盡可能緩慢的踢水，仔細在砂石礁岩間尋找。

忽然，她感到腳踝被拉扯，她回頭看，是哥哥。他指著前方，抬頭看，前面一片海扇珊瑚本來隨著波浪輕微晃動，現在全部朝著一個方向低垂，身旁幾株大海葵的觸手也是朝著相同方向晃動，她知道前面有強勁的洋流通過。

希洋對哥哥手比OK，心裡謝謝他注意環境，自己太專注找東西，沒有盡到領頭的責任，太不應該了。哥哥表面兇她，其實還是會照顧她，替她顧前顧後。她避開強勁的海流，往另一方向游去，四處張望時，看到面罩右下角銀光一閃，她轉過頭去看，是那把小刀！

她趕忙轉過身，游了過去，撿起小刀，哥哥這時也跟過來，眼睛瞪大大的，不敢相信真的找到了，希海對她舉起大拇指，表示萬分佩服，然後接過小刀，放入刀鞘中。希洋非常開心，畢竟弄丟哥哥的東西還是很內疚，她看了一下氣壓表，還在計畫之內，不過已經接近回頭的標準，她估算著還能找多久時，聽到夆的聲音。

「我感應到了，在妳後面。」

希洋轉過身，仔細看去，沒有任何珍珠光芒，也沒有像玉石一般的東西。

「在那個石頭後面。」夆又說。

希洋繞過石頭，這邊有一堆塑膠瓶、飲料瓶。但還是沒看到。

「沒有啊，你還是有感應嗎？」希洋嘴裡有呼吸器不能說話，不過，夆聽得到她的想法。

「在那個紫色的東西下面。」夆說。

希洋過去，拿開一個紫色的寶特瓶，下面是一個馬克杯。她拿起馬克杯，夆的聲音傳來，「對，就是這個，我感應到這跟羒有關。」

希洋實在很懷疑，一個商朝的羊魂魄，怎麼可能跟一個現代的馬克杯有關？難道羚離開玉羊，附身到這個杯子上？不過既然犽這麼說，她就留下來。

這時哥哥也游了過來，做了個上升的手勢，希洋點點頭，兩樣東西都找到了，她太開心了！

兄妹倆一前一後回到岸邊，希海興奮的拿出小刀把玩，「哇！居然找到了！」他笑得嘴開開的。

「我就說嘛，果然要試試看！」希洋有點心虛，她本意不是要找小刀，不過現在也很開心找回了哥哥心愛的小刀，而且他還在水底救了她。

「謝謝啦！」希海由衷的說。

希洋在店裡先沖洗乾淨，再走路回家，她迫不急待拿出玉石，讓犽現身。

「這個杯子就是你要找的東西？羚在裡面嗎？」希洋問。

「牠不在這裡，但是牠跟這個杯子有關係。」犽說。

「什麼樣的關係？」希洋問。

「我不確定……妳把我的玉石放進杯子裡看看。」犽說。

希洋照著做，犽閉起眼睛，「嗯，我感覺到羚，牠的玉石在這裡待過。」

「玉石不會自己跑進杯子裡，一定有人像我這樣，把玉石放進去。」希洋說。

看著杯子，感覺有點眼熟，對了，她想起來了。半年前，哥哥打工的便利商店推出集點送史努比馬克杯，噱頭是這馬克杯是特別客製的，集滿點數後去兌換，給店員想要放在上面的照片，過一個星期再去取貨。就算不想客製，上面史努比的漫畫還是很有收藏價值。

希洋仔細看了一下杯子，這是客製的，一面有史努比的漫畫，另一面是一張照片，照片上是一個年輕女子，在海灘上，帶著草帽，微笑的側臉迎向陽光。

「這個女生拿過玉羊嗎？」希洋問。

傘搖搖頭，「我也不知道。」

「我們要找到這杯子的主人，不知道為什麼她不要了。」希洋手裡把玩著杯子，「只是，要去哪找這個人呢？」

「妳要不要卜問電腦？」傘問。

「唉，電腦跟巫法一樣，也是有限度的啊！」希洋嘆口氣。

這時候，哥哥在樓下喊著：「希洋，我去打工了！」

「好！」希洋隨口應答，然後猛然跳起來，「哥，等一下。」

她衝著跑下樓，希海正戴上安全帽，「哥，可不可以幫我一個忙？」

「什麼事？」

「你記不記得史努比馬克杯？你們店裡集點的贈品呀？」

希海想了想，「記得啊，妳想要？那個是限量的，已經沒在做囉。」

「不是啦，這是我今天在海裡找到的，」希洋給他看杯子，「不知道是誰弄丟的，那個人一定很著急，我想找到杯子的主人。」

「這要去哪找啊？」希海皺著眉頭，就要發動機車了。

「我還不是在海裡找到了小刀？說不定找得到啊！拜託幫個忙啦！」希洋攔著他。

「怎麼幫？」想到希洋這麼用心找刀子，希海也不忍拒絕。

「這個杯子要客製，所以客人一定會拿照片檔給你們，店裡都會留下電話住址，用來提醒客人取貨，所以我在想，電腦一定有資料留下來。這樣就可以找到失主啦。」希洋說。

「好吧，不過我上班很忙，不然我帶妳去，妳自己找喔。」

「沒問題，我自己來！謝謝哥！」希洋趕快也戴上安全帽，跨上機車後座，跟著希海去打工。

♈

希洋比對著圖檔，終於找到了！客人的名字是施侑銘，他只留下手機號碼，沒有住址。她打了電話，沒人接，不過這很平常，現在詐騙電話很多，很多人不接不認識的電話。她想了想，拍了杯子的照片傳過去。果然，不久手機就響了。

「喂？」希洋趕快接起電話。

「我的杯子為什麼在妳手上？」一個男生的聲音，語氣非常不友善。

那是什麼態度啊？幫你找到杯子，居然沒先謝謝，還講的好像我綁架他的杯子那樣，希洋覺得莫名其妙。

「我潛水時，在海裡的垃圾堆找到的，想說，遺失的人一定很難過，所以如果是你的，我想還給你。」希洋盡量保持禮貌。

「怎麼可能在垃圾堆裡？」男生的聲音帶著憤怒，還有受傷。

「我不知道……不過你想拿回去的話……」希洋話還沒講完，男生就大喊，「不用了！」然後掛了電話。

希洋呆住了，沒想到對方會這樣反應，她再打過去都沒人接，傳簡訊也不回。幾天過去了，還是一樣，對方都不理睬。好不容易找到了杯子，而且找到杯子的主人，線索還是又斷了。

「怎麼辦？只剩下兩天了！」傘說。

「對啊，他都不回，我也沒辦法啊！」希洋很無奈。

「妳跟他說過嗎，我在找羒，急著帶雙羊樽裡的魂魄去見天神呀？」

「沒有，你忘了你上次現身被人當妖魔鬼怪？這男的脾氣古怪，誰知道講出來後會怎樣？」

「可是，如果沒有及時找到羒，那就不妙啦！」傘著急的說。

「如果四隻羊的魂魄先出來，你們還沒相遇，那會怎樣？不能晚點再帶牠們去見天神嗎？」

羍想了想，「牠們心有怨念，第一件事就是先毀了雙羊樽，畢竟這兩座東西囚錮牠們這麼久，一定得先毀掉。」

希洋打個冷顫，這兩座世上唯二的雙羊樽，兩大博物館的珍貴館藏，如果毀了……希洋不敢想下去，決定再傳一封簡訊。

「我其實想問你一件事，你是不是有塊玉羊？」希洋按下送出，然後耐心的等候。幾分鐘後，那個男生果然打電話來，「妳是誰？怎麼知道玉羊的事？」

「我叫王希洋，你是施侑銘嗎？」她看對方沒說話，表示默認了，「我們可以找個地方見面嗎？」

她很怕對方講沒兩句話又不高興掛電話，想趕快敲下見面的約定，時間不多了，明天就是展覽的開幕儀式。

施侑銘考慮了好久才答應，兩人約好等下在公園見面。

希洋依照約定拿杯子出現在公園，沒等多久，一個跟她年紀差不多的男生走過來。

他有深棕色的皮膚，眼睛大大的，應該算是長得好看，卻一臉陰鬱，朝著她走來。

他不看她，眼睛只盯著杯子。

「對不起，之前我態度不太好。」他低著頭，語氣放緩，聲音還滿好聽的，跟電話上那種很衝的口氣差很多。

「沒關係，」希洋不是愛計較的人，馬上就不在意了，「這杯子是你的，對嗎？」

「是的，」他低聲說：「那是要給我媽媽的禮物。」

他提到媽媽的語氣有點哀傷，希洋一愣，對媽媽的思念悄悄升起。她搖搖頭，把自己的情緒壓下去，繼續專注在施侑銘身上，或許，他媽媽把杯子當垃圾丟掉了，所以他才這麼氣憤、難過。

「可能是你媽媽不小心掉的，」她試著安慰他，「應該不是故意的，你快告訴她有人撿到了，要還給她。」

希洋將杯子遞給他，他拿在手裡，轉到照片那面，眼睛盯著上面的女子好一陣子，「我沒見過她，這是我唯一一張媽媽的照片。」

希洋很驚訝，同時胸口一陣酸楚，她深呼吸，「可是你剛剛說，這是要給她的？」

「我很小的時候，媽媽就去遠方工作了，」他持續盯著照片，幽幽的說：「外公、外婆養大我，每年生日，她會寄一個紅包跟一封信，信上說，她忙著工作，居無定所，如果我想她，可以寫信交給外公，她會去找外公拿。小時候，我會寫好多信，可是她從來不回，外公安慰我，說她太忙了。我猜，她在別的地方有家庭了，不會再回來了。所以後來我也很少寫信了。」

「半年前，我生日又收到一封信跟禮物。沒多久，外婆生病過世了，但媽媽還是沒回來，所以我用手上唯一的照片，做了這個杯子，請外公交給她。外公答應了，他說媽媽在我上學的某天曾經回來看外婆，他將杯子交給媽媽，她又匆匆離開了。」

「所以，唯一跟你媽媽有聯繫的人……是你外公，她都不跟你見面？」希洋的語氣充滿疑問。

「我說了，她應該是在外面有了家庭，所以不敢面對我……才把杯子丟掉。」他轉過頭，看著希洋，這是他的目光第一次跟她交會，他的語氣堅定，可是希洋從他眼中看到複雜的情緒，有悲傷、有掙扎、有失望。

希洋想說什麼，又不知道怎麼開口，覺得什麼東西梗在胸口。兩人沉默了好一段時間，侑銘陷入沉思。

「妳怎麼知道我有一塊玉羊？」他忽然語氣一轉，低沉的聲音轉為冷靜，希洋一時沒回應過來。

「有扮的玉羊！」傘的聲音在腦海響起，提醒她。

「噢，嗯，啊……」希洋不知道怎麼回答，「我可以看看玉羊嗎？」

「我沒帶在身上，嗯，不過我手機裡有照片。」施侑銘打開手機找了一下，遞給希洋看。

「對，就是這塊！」傘的聲音很興奮，希洋也很振奮。

「你怎麼會有這塊玉？」希洋好奇的問。

「外公說，他的曾曾祖父在海邊撿到，覺得是隻靈羊，會保佑家人平安，被當成傳家寶，外公傳給媽媽，這就是今年她寄給我的生日禮物，要我好好保存。妳還沒說，怎麼知道我有這塊玉？」

「我……我可以親眼看看這塊玉嗎？」她小聲的問。

「可以，但妳要告訴我怎麼知道的，這是我們的傳家寶，我也是到今年生日才聽說的。」施侑銘堅持不讓她矇混過去。

希洋先在心裡跟羍溝通，得到羍的同意。「我有一模一樣的玉羊。」她拿出玉羊，在侑銘驚訝的眼光下，講出找到羍的經過，還有雙羊樽的故事。

「原來是這樣。」侑銘看著手機上的照片，「外公跟我說過，玉羊曾經顯靈，原來是真的。」

「你看過羒嗎？」希洋問。

「沒有，」他搖搖頭，「我可以看羍嗎？」

「這邊是公園，太多人了。」希洋微微皺眉。

「那來我家好了，我拿玉羊給妳看，讓牠們倆見面。」

「太好了！」希洋好興奮，任務快要完成了。

♈

侑銘帶著希洋來到一個小雜貨店，「外公，這是我朋友希洋。」侑銘介紹，「妳陪外公聊天一下，我去樓上找。」

她以前經過這間雜貨店幾次，這是第一次進來。她好奇的東張西望，然後發現外公也好奇的看著她。

「妳是小侑的學校同學嗎？」外公盯著她。

「不是，我們剛認識。」

「是嗎？小侑從來不帶朋友來家裡的，他一定覺得妳很特別。」外公溫柔的看著她。

不知道為什麼，希洋臉紅起來，趕快轉移話題，「他為什麼不喜歡帶朋友回家？」

「唉，他什麼也沒說，不過我想，可能覺得跟我這個老人家住，很丟臉吧？」

老人家的感嘆讓希洋覺得心裡酸酸的，但是她雞婆的那一面也忍不住跑出來，剛才在公園沒說出口的疑問，她想弄清楚。

「他才不會這樣想。我剛剛聽小侑說，媽媽工作很忙，都是您在照顧他。」希洋小心的開個頭，「他沒見過他的媽媽。」

「他的媽媽……唉，是啊，工作忙啊……」外公頭低下去，口氣帶著感傷。

「外公，我認識小侑，是因為撿到……」希洋的話還沒說完，侑銘從樓上快步下來，打斷她的話。

「找到了！」他拉拉她的手臂，「到我房間，拿給妳看！」

希洋跟著侑銘上樓，來到他的房間，比她的還要整齊，至少床上沒有一堆沒摺的衣服。

侑銘盯著她，「妳這個人很聰明，可是太雞婆了。」

「……」希洋臉紅起來，大家都說她很雞婆沒錯，可是第一次有人稱讚她聰明。

兩個人坐在椅子上，沉默了半晌。

「妳也不相信我外公的話，對不對？」侑銘放低聲音。

「我只是覺得奇怪，你媽媽既然會跟外公聯絡，為什麼不跟你聯絡？連見一次面都沒有？如果真的那麼無情，又怎麼會每年都記得你的生日，又寄卡片、又寄禮物，還給你傳家寶？」希洋忍不住提出所有疑問。

「媽媽已經死了。」侑銘聲音更低了。

「什麼？」希洋有猜到，但是侑銘這麼直接說了出來，她還是很吃驚。

「我偷聽到外公、外婆的對話，那些禮物和卡片，都是他們寄的，是媽媽臨終前的意思，要等到我十八歲才告訴我真相。外婆將我寄給媽媽的東西都藏起來了，打算以後再還我。」

「其實我很小的時候就猜到了，可是我不想承認，寧可騙自己媽媽是因為另外有家庭，才不來看我。這樣就可以怪罪她，把責任推給她，如果接受她死了的事實，那我就真的失去她了。」侑銘看著地上，「所以我也配合他們的安排來演出，寫信給媽媽，做杯子給媽媽，說服自己，她會看到的。只是沒想到杯子被當成垃圾丟掉了。妳拿著杯子來見我時，我自己給自己編的謊言，外公、外婆和媽媽幫我設想的世界，通通被戳破了，事實就是，媽媽已經死了，她從來沒有看過這個杯子。但是，這也讓我醒悟了，我必須要接受事實，不能再騙自己了。」

希洋心裡緊守的那點堅強瓦解了，她讓自己的情緒跟著侑銘的話一起宣洩。是的，她也不能再騙自己了，她很想念媽媽。

希洋抹抹眼淚，吸一口氣，「你會告訴外公，你已經知道了嗎？」

侑銘想了想，「不會。既然是媽媽的意思，是外公、外婆努力幫我架構的世界，我怎麼忍心讓他們失望？」

「也對，你從來沒見過媽媽，從小跟外公、外婆相依為命，他們真實的在你生命裡，你應該多想想他們的心情。」希洋看著他。

侑銘若有所思的點點頭。

「對不起，我剛剛太雞婆了，差點跟你外公說找到杯子的事。」希洋覺得很不好意思。

「我想，外公也不是故意的，一定是整理外婆的遺物時，不小心丟掉的，可能他自己都不知道。如果他知道了，一定更難過。」侑銘說：「對了，杯子妳幫我帶回去，收好，好不好？」

希洋想了想，點點頭。「這樣你外公就不會發現了。」

侑銘笑笑，希洋發現他笑起來好看多了。

「妳不是要看玉羊嗎？」侑銘問。

希洋猛點頭，「是啊！」

侑銘從桌上一個抽屜拿出一個木盒子，看起來很舊，可是質感很好。他打開盒子，裡面果然是一隻玉羊。

希洋也從口袋裡拿出玉羊，兩隻羊長得一模一樣，只是一個臉朝左，一個臉朝右，兩隻羊的右後腿處有損壞的痕跡，就是斷裂分開的地方。

侑銘把玉羊拿出來給希洋，希洋拿在手上，小心的將兩塊玉放在一起，像拼圖那樣，完美的結合，變成一塊雙羊玉。

希洋非常開心，她輕輕的呼喚，「奎，你跟羚在一起了。」

雙羊玉一時沒有動靜，過了好一會，玉石四周出現珍珠般的白色光芒，光圈脫離石頭，向上浮起，變成兩隻白羊。

侑銘看得目瞪口呆，希洋說的都是真的！

「謝謝你們，我們重逢了。」奎的聲音傳來。

「羚，你一直都在我身邊，為什麼不讓我知道？」侑銘問。

「我們兄弟倆第一次現身時，因為被人類厭惡而分開，後來你的先人找到我時，我再現身一次，乞求他幫忙，可是他也無法完成，我想，這就是我的命運吧，所以就放棄尋找了。」

希洋覺得，這兩隻羊長相一樣，個性卻差很多，奎的態度積極，一直要她行動，玠的個性就比較隨緣，也比較容易放棄。

「明天就是展覽日，兩座雙羊樽要相會了，你們快要可以領著其他四位兄弟的魂魄，去找天神了。」希洋微笑著，心裡也有淡淡的傷感，這表示跟玠相處的時間不多了。

「你們倆的魂魄要等到兩塊玉羊在一起才能相會，可是那兩尊青銅器在日本，這塊玉在臺灣，我們不需要帶你們去日本嗎？」侑銘問。

「巫比的巫術可以超越距離。當初他對我們倆施法時，這是一塊玉，所以這塊玉必須完整，巫法才能完整，當時，另外四個兄弟的魂魄已經被鎮鎖在分開的兩個酒樽裡，巫比的法力不夠大，無法召集六個魂魄，但只要他們四個一相會，我們兩個合體的法力就可以引領他們。」玠說。

「那就好，不然我還不知道要怎麼送你們到日本呢！」侑銘鬆了一口氣。

「明天中午，我們也見得到另外四隻羊嗎？」希洋問。

「我不知道，畢竟也是我們的第一次啊。」玢說，看得出他的臉上也充滿期待的光彩。

「那我明天再過來！可以嗎？」希洋轉頭問侑銘。

「當然沒問題，那這塊玉？」

「先放你這。」希洋大方的說。

♈

第二天一早，希洋迫不急待的出現在雜貨店。

「外公早。」

「早，」外公笑咪咪，對著樓上喊道，「小侑，你朋友來囉！」

侑銘看到她很開心，「快上來。」

他們走進房間，雙羊玉在桌上。彷彿知道希洋的來到，兩隻羊從玉石升起，出現在他們的面前。

「揭幕儀式就要開始了，你們感應到什麼嗎？」希洋問。

「就跟之前一樣，我感覺兩個酒樽要相會了，」奎說：「但是事情要怎麼發生，要等到它們面對面，巫比的巫法才能生效。」

「昨晚跟侑銘聊天，才知道現在的時代是商朝的三千年之後，大巫奎的巫法經過這麼久，會有怎樣的情況，恐怕大巫奎當時也未能預知啊！」羚嘆口氣。

「不知道開幕有沒有實況轉播？」希洋一臉嚮往的神情。

「我查過了，沒有，」侑銘認真的說：「奧運、世足這種熱門活動才有實況轉播啦。」

一男一女加上兩隻羊隨意的聊天，愈來愈接近中午，大家開始安靜下來。羍跟羚緊緊相依偎，希洋跟侑銘則是雙眼不離的緊盯著牠們。

「請盡你們所能，讓我們知道發生什麼事！」希洋說。

「一定！」羚點點頭。

這時，兩隻羊神色肅穆，望向遠方。希洋低頭看錶，十二點整。

兩隻羊的珍珠光芒在眼前慢慢黯淡，快要消失。

「你們找到了兄弟，要去見天神了嗎？」希洋忍不住喊著。

就在這時候，影像在希洋跟侑銘的腦海出現，他們看到一個微暗的室內空間，周圍很多人，中間有兩束LED光，照射在兩座青銅器上。

就是他們在網路上看到的兩座雙羊樽。現在各自在玻璃展示櫃中陳列，沒有任何布幕蓋著，揭幕儀式應該剛完成。

兩個酒樽上空，各出現兩隻跟羍、羒長得一樣的羊，也同樣閃著珍珠般的光芒，四隻羊左右看看四周，似乎有點茫然，不過牠們互相找到了對方，四隻羊終於相會。展場的人們互相微笑握手照相，忙碌交談，沒有人看得到羊。

四隻羊頭碰著頭，互相依偎，牠們的光芒忽然從珍珠白，轉變成暗紅色光暈，彷彿要滴出血一般，希洋跟侑銘心頭一震，怨念夾著恐懼，在空中正要瀰漫開來。

這時，羍跟羒出現了，牠們繞著四隻羊行走一圈。

「記得我們嗎？」羍熱切的說。希洋知道，牠們不是用人類的語言在溝通，不過羍用心念，讓他們也懂。

四隻羊看了牠們一會兒，點點頭，口氣帶著哀傷，「是的，我們的兄弟，你們被彙兒帶走後，我們就被抓去當牲口祭祀了。」

「是的，後來你們的魂魄禁錮在這兩個酒樽裡，我跟羍也被巫術鎮在一塊玉中，為了就是等待這一刻，我們可以一起回到天神的身邊。」

四隻羊點點頭，身邊暗紅色的光暈開始減弱、融散。希洋跟侑銘腦海中的景象也跟著消失。

「我們來到天神身邊，跟我們的媽媽在一起了。」羍的聲音傳來。

「我們也遇到彙兒。」羒的聲音非常快樂。

「也遇到了我們的媽媽嗎？」希洋忍不住在心裡問，可是已經沒有回應了。

「他們離開了。」侑銘輕聲的說。

兩個人坐在書桌前，安靜了好一會兒，要不是兩塊玉石現在變成了一塊雙羊玉，他們真要懷疑羍跟羒是不是真正存在過。

「現在這塊玉怎麼辦？」侑銘輕輕撫摸著玉石。

「你留著吧，這是你們的傳家寶。」

「可是，妳在海裡找到其中一半啊！」

希洋想想，「那這樣好了，我們輪流，一個星期放你家，一個星期放我家？」

侑銘好看的大眼睛對她眨了眨，「嗯，我覺得妳好像故意找機會接近我耶？」

希洋翻翻白眼，一把搶過雙羊石，「那不然，放我家啊，你到時候才不要找機會接近我喔！」

「開玩笑，我當然要找機會接近妳啊，妳幫我找到杯子，還把我的傳家古董變成兩倍大，肯定值錢十倍！」

「喂！不要忘了，你變賣的話，我可以拿一半耶！」希洋表情認真，一說完，兩人都相視大笑。

在那剎那，他們知道，這玉石是兩人共有的，就像他們之間的友誼，會永遠存在。

作者的話

靈羊是兩段故事的重疊，一段是六隻商朝的靈羊，如何在巫法的能力下，分別進入兩尊吉金酒樽，以及一塊雙羊玉的故事。一段是現代的兩個孩子，如何因為一塊雙羊玉而相知相識的經過。一古一今，互相交錯，有奇幻、有推理、也有人與動物、人與人之間的情感。

寫作的過程，我認識了商朝的青銅器。尤其是故事中提到的兩個雙羊酒樽。這兩個酒樽在真實世界分別收藏於日本根津美術館與大英博物館，如故事的情節，兩個酒樽於二〇一五年在根津美術館一起展出。當時看到這段介紹時，覺得非常特別，所以決定用來寫成故事。我並沒有專業的青銅器知識背景，但是，期望讀者看到這個故事後，也能開啟對中華古文物的興趣，進而欣賞這些文化的美。

陳郁如

作品有「修煉」、「仙靈」系列，以及《華氏零度》。出生於臺北，現在旅居美國洛杉磯。喜歡寫作、攝影、畫畫、旅行、跳舞、潛水。

智人，你還在地球上嗎？

郭瀞婷

如果你走在路上，我保證你看不出來我是一名偵探。

或許是因為我的花襯衫和鴨舌帽。

或許是因為我喜歡嚼口香糖戴耳機聽音樂走路，偶爾還會來一段舞。

也或許，是因為我是一隻狐狸。

又或許，是因為我最後一件案子已經是五個月以前的事了。而且，是幫鄰居修理電話。

等一下，千萬不要以為修理電話不算一件案子！電話很重要，它是偵探的好朋友，因為它有一天可能會成為竊聽器！還有凶手曾經將電話做為凶器，還有……

「醒醒吧，阿布，修——電——話——不——是——案——子！」

我媽有事沒事會在我耳邊嘮叨。

除了嘮叨我的職業，她也對我的辦公室很感冒。這間不怎麼起眼的小窗口辦公室，是我從未見過的祖先留下來的。每天一到辦公室，我會先拉上小鐵窗，然後跟老爸的小照片打聲招呼。

「老爸早！」我用拳頭輕輕碰照片，「今天一定會有好案子上門！我有感覺，你也有，對吧！」

接著街道就會漸漸熱鬧起來。對面的麵包店會飄出奶油香味，貓熊老闆騎著腳踏車載女兒上課，順便送一塊我最愛的菠蘿麵包。右邊的大象婆笨重的搬出盆栽到街上賣，左邊的雪豹阿伯戴上老花眼鏡和拐杖散步……

我一直看著窗外，一幕又一幕每天準時上演。

我們胡氏世世代代都是偵探，據說我的曾曾祖父被冠上「世紀偵探」的頭銜，因為他偵破一個赫赫有名的謀殺事件，造成極大的轟動！當年大家都一致認為凶手絕對是住在樓上的黑手阿狼，但我的曾曾祖父執意重啟調查，檢驗所有相關的手印，推理出戲劇性的結局：殺手是山豬爺爺的親弟弟！為了搶奪山豬爺爺的田地，他的親弟弟狠心下手，然後嫁禍給住在樓上面惡心善的黑手阿狼。

厲害吧？

起初這間辦公室有將近二十坪，但實在因為生意一代比一代清淡，我的曾祖父開始把辦公室切一半賣給隔壁的麵包店，接著爺爺又切一半賣給修鞋店，最後爸爸把三分之一賣給水果攤。到我手中時，就只剩下夠我轉身的空間，連門都沒有，僅靠窗口進出。

但我和他們一樣，始終相信會有天大的奇案出現。總有一天。

「唉呀，你爸也常常這樣說，還曾經吹牛自己正在調查天大的案件，結果只收了幾塊錢，連案子也沒破，倒是襪子破了好幾個洞。」

又是我媽。

是什麼原因可以讓老爸就算沒接到案子，店鋪愈來愈小，老媽嘮叨聲愈來愈大，卻每天依舊笑容滿面？

不知。這大概就是當偵探的本能。我們知道這份工作的魅力，而且無法自拔……

「對面的羊媽說要介紹銀行的工作給你！」

我媽再度碎碎念。

除了經常嘮叨要我去找其他朝九晚五的工作，媽還說辦公室外面那一塊招牌的標誌設計很糟糕，容易引起大家的誤會。她的親朋好友有一度認為我開的是打鑰匙、刻印章之類的小店鋪。

但他們完全不了解，這就是厲害的地方……

我看起來不像偵探，所以辦案時不會被懷疑。

我的辦公室看起來不像辦公室，所以來找我的客戶不需要偷偷摸摸。他們可以假裝來打鑰匙，其實是來委託偵探。

厲害吧？

光是這兩點，就已經足夠成為我的賣點！可惜我的業績沒有跟這個理論達到共識。目前為止我接過的案子不到五件，而且大部分都是隔壁的誰誰誰占用或拿走樓上某某某的東西或空間……停車位、鍋子、鏟子、水桶、花盆……還有湯匙、筷子之類的。

即便如此，我知道總有一天，翻轉我生命的那一件大案子絕對會找上門。

不是不到，只是味道。

「是……未——到！」

又是我媽。OK，不是不到，只是未到。

我相信總有一天，這間看起來像個打鑰匙店的偵探社，會成為一個傳奇，另一個世紀偵探的所在地。

而讓這個夢想成真的案子，就在店鋪的窗口叩、叩、叩，等我打開窗戶。

已經很少動物會這樣敲我的窗戶了。我的店鋪因為只有一扇窗，所以很像小車站裡賣票的窗口。我清清喉嚨，打算告訴他敲錯地方，賣票的窗口在對街。沒想到打開窗戶，前面兩位男士馬上叫出我的名字。

「你是胡阿布嗎？」

是一隻鸚鵡。他有點嚴肅，毫無笑容。

我點點頭，開始有點慌張……難道我忘了繳電費之類的嗎？好在他旁邊的海象老兄露出最具標誌性的兩條長牙，有點好笑，讓氣氛緩和許多。他看氣氛不對，馬上釋出善意。

「不好意思、不好意思，我姓向，叫我永智就好，是海洋國防部的組長！我旁邊這位姓應，是陸地刑事偵緝組的應探長。」

我伸出友善的手，邊握手邊回想到底漏繳了什麼，還是去年報稅少報三百元終於被抓包了。

「胡阿布，」鸚鵡應探長沒伸手，直接開口，「政府有一件案子想找你幫忙。」

我的嘴巴懸在空中，合不起來。他們兩個瞪著我那張半張開的嘴，以為我會馬上答應，結果竟然只聽到我說一個字……

「媽！」我大叫。

這時我想起來，媽今天到隔壁街幫忙接生小孩，不在附近。

應探長伸出一隻翅膀，指向後方的黑車，意思就是要我跟他們走。

黑車。窗戶全黑。陌生動物。號稱「政府機關」。

這對任何一個偵探來說，都是簡單到不能再簡單的邏輯推理：大騙局！詐騙集團！

我下意識馬上要關上窗戶，只是比應探長慢了一步。這位鸚鵡的表情從來沒變過，不但眼睛沒眨，連眉毛都沒動過一下。如果不是他的翅膀擋住我正要關窗的手，我會以為他是隻假鳥。

「你要想清楚，」他的鳥喙上有一道道磨痕，看來可能有點年紀，「一旦拒絕，就不會再有第二次機會。」

我有點心動，但真正說服我的，是旁邊的這隻海象。他站在一旁點頭如搗蒜，一臉憨厚模樣。

從很小開始，我就對每一種動物的表情有強烈的解讀能力。我知道什麼樣的動物會有什麼樣的表情，也完全能偵測到他們的個性和內心的喜怒哀樂。

向永智的眼神散發出一種沒有想太多的空洞，加上那兩顆令他合不起嘴巴的大門牙，我統稱為「善良」。

就衝著他的門牙和空洞的眼神，我拿出手機幫他們拍了一張相，立刻傳給我媽。

「你在幹麼？」應探長有點不悅。

「我怎麼知道你們會帶我到哪裡？總要讓我媽知道你們的長相才行。」

應探長撇出一抹笑。他嘴角微翹，露出覺得好氣又好笑的微笑。

如果有狀聲詞，那應該會是「呿！」

我關上小鐵窗，跟老爸的小照片碰拳頭，然後坐上車，踏上讓我偵探職涯大翻轉的案件之旅。

「你就是他們說的私家偵探？哪裡來的？」

我的心撲通撲通的跳，像地震一樣。要是媽知道我竟然和總統會面，她肯定把鑊子鍋子全拿出來敲打，順便來個大贈送，讓每位路過的動物，免費領取一顆她親手種的高麗菜，以示慶祝。

我們的總統是一位黑猩猩，我們稱他為「黑總理」。

在地球上一共有三位總統；黑總理掌管陸地，而其他兩位海王和鴉族長，分別掌管海洋和天空。身為狐狸的我自然屬於陸地，而一直以來，陸地上的總理多數是黑猩猩擔任。對他們的種族特徵，我早聽聞已久，也在學校裡學到不少；他們是有史以來智商最接近人類的種族，也是無私的將人類文化、教育和科技帶給所有動物的關鍵種族。黑猩猩原本就最具智慧和哲理，尤其是黑總理——他今年才上任，堪稱為最年輕的總理。媽還把他的海報貼在門口，封他為偶像。坊間還會印製他的頭像鈔票、紀念郵票和金幣，我也是郵票收集者之一。哪天賺夠錢，紀念金幣我絕對要入手。

不是不到，只是味道。

未到。

「我、我……我住在狐狸村的胡北區，我媽是接生婆，我死去的爸也是偵探，啊，我們家世世代代都是偵探。」說完之後，我感到一股驕傲，「黑、黑總理，您都不知道，我們全家都很崇拜您！」我說話的時候身體在顫抖，希望他沒看到。

黑總理笑著看我，但不到三秒又收起笑容。

「胡阿布，謝謝你千里迢迢到這裡來。通常我們遇到棘手的奇案，都會特別請一位來自民間的偵探，不但可以助我們一臂之力，也可以讓海陸空的民眾們更放心……」他轉頭看看一旁泡在水桶裡的向永智，「或許，也會看到我們沒想到的盲點，對嗎？」

向永智點點頭，一副享受泡在水裡的神情。

「阿布，我長話短說吧！」應探長接話，「地球有個很大的機密，長期以來一直困擾著政府單位。或許，可以借用你的長才，為我們偵破這件奇案。」

天啊，天啊……

來了，來了，機會來了！我的雙手藏在身後，就怕被看出忍不住想要鼓掌的衝動！

媽，我就跟你說吧！爸，我要光宗耀祖了！

姨婆和舅公，鞭炮可以從地下室拿出來了！

「這個案子換過不少偵探，幾年來不停的傳出相似的證據，就是……」應探長到我面前，皺起眉頭：「人類依然存活在地球。」

我屏住氣，不敢呼吸。

人類，學名「智人」，靈長目，哺乳類，具有高度的智商與文化。我從來沒有見過人類，只有小時候到博物館看過一座人形標本。我們現在一切的語言文字與科技，全部都來自他們，而整個地球也都傳承著人類的歷史和道德準則。他們是智人，代表的是創造、制度、哲理與驚人的發明。

而如此驚人的案子，竟然就落到本人在下我，胡阿布的身上！我覺得踩到地雷……咦，不對，聽起來怪怪的，應該說是雀屏中選，萬中選一，得到刮刮樂的第一特獎。

「怎、怎麼可能？」我的聲音瞞不過顫抖的情緒。其實我是指這種天大的案子怎麼可能輪得到我胡阿布，但他們八成認為我正在訝異地球上竟然出現人類的蹤跡。

黑總理向應探長點點頭，表示今天到此為止。

向永智很自然的從水桶裡滑出來，跟在黑總理後頭拿出文件，劈里啪啦報告待會與海王的會議，然後聲音愈來愈小，離我們愈來愈遠，消失在走廊盡頭。

應探長依舊不苟言笑，帶我往走廊的另一頭前進，再度搭上黑車出發。

「我知道你一定有很多問題。著手辦案以前，我帶你到一個地方，給你看看這些年來蒐集到的可疑物件。」應探長看到我因為驚嚇而合不攏的嘴，用翅膀幫我將下巴微微扳上。

他說車程有將近一個多小時。

我慢動作點頭，心裡還蕩漾在人類依然活在地球上的消息震央。

應探長說，人類在八十多年前就已經離開地球。

「我知道，」我突然醒過來，「小學上過課，他們搭太空船到火星了。」

應探長說：「對，但你知道為什麼嗎？」

我想了一會兒，記得老師曾經稍微提過。但糟糕的是：老師說話的時候，我大都在恍神。

「好像是因為要逃離恐龍追殺……」

應探長斜眼瞪我，身體還是沒動，連脖子都沒轉。我猜他懶得看我。

「恐龍在人類以前就絕跡了，怎麼追殺？」

真是尷尬。我正要瞎掰，他乾脆切斷我的思緒用問的，免得浪費時間。

「溫室效應、北極熊，記得嗎？」

噢！對！我想起來了。人類的發展導致地球暖化，溫室效應讓我們的同伴北極熊絕種，最後連人類自己都無法居住，只好乘上太空船，搬到火星。

也因為如此，每一屆的總理都會時時把口號掛在嘴邊：「切記北極熊的教訓，拒絕人類在地球！」以此呼籲所有動物：如果看到任何人類的蹤跡，都要回報到「人類防制中心」。

「不能再讓人類活在地球上！」

「只要有人類，就會發生更多北極熊事件！」

「切記，切記！」

小學時，我們都得默寫一百遍這句口號，早上都要對著司令臺喊三遍。

看來黑總理對這件案子，頗為重視。

「當然，海裡的動物最為緊張。要知道北極熊的絕跡事件，是因為海水的關係，還有海龜的數量驟減，到現在都無法回到正常值。」應探長終於轉頭面向我，「這些年來，歷屆的海洋總理給陸地上的總理施加不少壓力，這次還派遣向永智一起監督，你就知道茲事體大。」

哇……突然覺得頭上有光，也突然覺得該去剪個頭髮，設計個造型，順便練練我的簽名筆跡。

海洋總理是海豚，號稱「海王」，據說智商與黑總理不分上下。至於掌管天空的鴉族長則由渡鴉帶領，也屬於謀慮深遠的鳥類一族。

我從未見過海王，畢竟海裡的世界與陸地分割得很清楚，海陸空三個界線都有自己的法律與規範，大家井水不犯河水，相安無事過得很好。如果海陸兩國需要商量國事，就得派遣像海象向永智，或海獅、海豹這類能偶爾在陸地上走動的動物，來做橋梁。

這個案子不但來自黑總理，還來自海王！一想到這裡，我已經開始想像我媽籌備三天三夜的流水席，敲鍋打碗，宣布光宗耀祖的時間終於來臨！

車子到達一座雄偉壯觀的建築物，上面寫著：人類研究中心。

一進到裡面，負責掌管研究中心的主任緩緩爬到我們面前。對，真的就是用爬的，因為他是隻烏龜。除了這位自稱為吳主任的烏龜以外，他身邊還有一個小跟班，有模有樣的翹著尾巴。

「您好，」他點點頭，「我是吳主任的特助，叫我史特助。」

一個是烏龜，一個是狗，這兩位據說握有這些年來人類足跡還在地球上的證據。不但如此，他們對人類有深淵博學的鑽研，對人類的世界一清二楚。

他們帶我們繞了一圈研究中心，也給我足夠的時間驚訝、驚嘆、驚奇。我看到櫥窗內人類的進化史，也看到所有人類遺留下的畫作、文學、水電和驚人的科技產品。人類之所以學名「智人」，不是沒有道理，絕對實至名歸。

「所以基本上，我們現在擁有的所有東西，從吃的到住的，從住的到交通，從交通到衣服和娛樂……」

「都是智人留下來的。」吳主任那雙深謀遠慮的眼眸，映在櫥窗玻璃。

「真不敢相信，如此有智慧的種族，最後竟然會把地球搞得一團糟。」我看著櫥窗內一對赤裸裸的人形標本，好奇他們的內心世界。

人類的外形跟其他動物有很大的差別；他們臉部平坦，身軀筆直，走路只用雙腳，沒有尾巴，也沒有毛。論到聽覺和嗅覺，甚至視覺，他們的能力絕對比不過動物。但人類有發達的頭腦，精細的思維和社會意識，所以稱為「智人」。自從他們離開以後，所有的動物都開始學習人類走路、思考和生活的方式。我們對智人懷有一股崇拜又怨恨的情懷，複雜的情感從古至今不曾改變。

是什麼原因讓人類完全不肯犧牲自己的利益，明明知道地球因為汙染而漸漸退化，卻居然只想得到一個很消極的辦法：發明太空船，全員一起逃到火星？

人類留下烏煙瘴氣的二氧化碳與熱溫，四季變得不再像四季，雨中酸度幾乎足以讓動物窒息。

好在大自然的動物有辦法接手，回歸本能，共同合作。蜜蜂和蝴蝶散播花粉，螞蟻和蚯蚓翻新土壤，蝙蝠和啄木鳥消滅害蟲，駱馬去除雜草讓草木生長，大象挖掘蠻荒之地的水源，海狸啃斷樹木防止洪水氾濫，海獅通知海洋環流模式，鯊魚解決掉因洪水生病而擴散傳染病的魚，青蛙吞進所有對河流有害的蟲子，鯨魚將養分充裕的糞便留在水面，再由鳥兒負責傳送給土地上的植物……

說不盡的自然生態系統，生生不息，智人就算再有智慧，若無法跟地球上的生物合作，就只能挾著尾巴逃到火星。

噢，不對，人類沒有尾巴，所以只能挾著屁股逃到火星。

吳主任和史特助帶我們到證據蒐集室。裡頭有一位專員，專門保存所有的證據。她身穿白袍，戴著手套，深怕弄壞辛苦得來的證物。

我看著她，忍不住吞了口口水……他們竟然請了一位白老虎來監管證物。

她冷冷的介紹自己為白博士，然後「喀拉」一聲，開啟頭上的強光。

「這些年來，各地蒐集到的證據大部分都是腳印。不過，這是前一陣子發現的，我用模具複製成一模一樣的形狀。」

我看著這一「片」模型，上面的腳印就是所謂的「證物」。

這些腳印很詭異，形狀細長，而且很大。照理說任何一種動物留下的腳印都會有腳趾，但這個腳印完全沒有。細長的腳印上居然沒有腳趾，就只有半個圓圈。

誰會沒有腳趾頭？就連人類也有腳趾頭啊！

也因為這樣，大家對於人類的存在與否，不敢打包票。

另一個可能，就是在風吹雨打中模糊成半圓形。但是……這裡一共有六個腳印，每一個都呈現同樣的弧度，也太巧了吧？

ＯＫ，胡阿布，胡阿布，冷靜冷靜，老爸說過要用「設定法」和「刪去法」。我拿起錄音筆，按下開啟鍵，記錄我的觀察。

「好，先設定不是人類的腳印。」我對著錄音筆說。

「行走的方式，很明顯是動物……」我繞著腳印走了幾圈，腳印左右相稱，一前一後，「是雙足動物，也就是說，可能是鳥類，但鳥類的爪不可能這麼大，除非是鴕鳥或企鵝？太牽強……鴕鳥的爪趾應該很明顯，而企鵝則沒那麼細長，不像。難道是袋鼠？也不對，他們是用跳的，而這些腳印是前後排列。或者穿山甲？嗯……不不不，穿山甲的腳印小很多……」

「而且別忘了，」白博士插嘴，「穿山甲在人類時代就所剩無幾，現在也都在黑總理的保護下，只出沒在某些區域。」

「啊，難道是黑猩猩？」

白博士冷笑兩聲，不理會我無由來的猜測。

「我們查過了，不是黑猩猩。」白博士起身換成兩隻腳走動，順便把身上的白袍弄挺，「人類走了之後，所有的動物都進化用兩隻腳走路，但無法支撐太久，走一走還是會回到四肢。黑猩猩也一樣，雖然他們可以用兩隻腳，但還是需要雙手輔助。」

白博士的結論：如果是黑猩猩，應該會有手印參雜在其中。

不得不說，我的確贊成這個說法。

「這是什麼？」我指向桌上另一個箱子。

白博士露出神祕的笑容，好像裡面藏著核能炸彈，足以令世界顛倒，也令我昏倒。

一打開，是一組長得很奇怪的……

「胚胎和臍帶。」

我從來沒見過這種胚胎和臍帶。

「這是最新證據。我們發現的時候，還未完全枯乾，所以可以確定這名人類嬰兒才剛出生。」

「等一下！」應探長伸出雄偉的翅膀，「還沒有完全確定的事，請不要用『人類嬰兒』來介紹證物。它是母親生下嬰兒時，留下來的胚胎與臍帶，這樣介紹就好了。」

「噢，拜託！」白博士表示不屑，「所有的動物都會把新生兒的胚胎和臍帶吃進肚子裡，只有人類不會！這是基本常識！」

有道理。

吳主任搖搖頭，動作還是慢半拍。

「並非所有的動物……」他看著白博士，「曾經有紀錄，少數動物媽媽生完小孩後，也有不吃胚胎臍帶的情況。」

「像是？」我問。

「某些海洋類的民眾，還有陸地上的駱駝，似乎也不會食用胎盤。」吳主任回答。

我將錄音筆拿到嘴巴前，確認全程都已錄下。

「胎盤臍帶都留在原地，除了人類和駱駝以外……還有別的證物嗎？」

白博士的頭愈抬愈高，得意的回答：「有！」

「那天晚上我聞到火的味道；不是一般的火，而是用木柴燒出來的火。於是我根據柴火的味道往森林走，發現有木柴鑽木取火的痕跡，證物在此。」

白博士從袋子裡拿出幾根燒焦的木條，我兩眼發直，手掌發汗。

「鑽木取火」這件事，動物是永遠無法做到的。基本上動物的四肢無法操作這樣的動作，就連黑猩猩都絕對辦不到。

絕——對——不——可——能。幾千年前，我們稱人類為「造火之神」，就是因為沒有動物能變出火。現在，我們也只能靠著人類遺留下來的電和瓦斯啟動火源。在地球，唯一能夠鑽木取火的，就只有人類。智人。靈長目。哺乳類。已經消失無影無蹤，挾著屁股逃到火星的智人。

木頭上很明顯有互相摩擦的痕跡，證據確鑿，令我啞口無言。白博士說這幾根木條是跟著胎盤和臍帶一起被找到的。

也就是說，如果人類真的還在地球上，他們已經有了下一代。

我再度吞口水，感到有些口渴。不但有些口渴，連錄音筆都突然秀逗，看來它跟我一樣被這個結論榨得乾乾的，開始口乾舌燥。

我用力甩甩錄音筆，氣氛有些尷尬。吳主任幫我拍打錄音筆，才又繼續動起來。

應探長對著我說話。

「這一切都還在假設的階段，先別下結論。我們先到現場，相信你會有更多發現。畢竟……你是個偵探，對吧？」

他說到重點了！身為偵探，絕對不可以亂下定論。

只是現在白博士與吳主任之間的氣氛有點僵硬，令我很想到外面呼吸新鮮空氣。

「啊……這裡空氣有點差，不然，我們改天去看看發現這些證物的地方如何？」

我趕緊轉話題，順便找機會離開這個氣氛緊繃的證物室。

「當然，分秒必爭，就現在吧。」應探長回答得很冷靜。

「現在？可是我媽在等我吃飯。」

「哈哈哈……」這隻黑白狗史特助笑到眼鏡都快掉下來。

很好笑嗎？

「放心吧！」吳主任露出慈祥的微笑，讓我想起爺爺。

他說：「開車只要十五分鐘，離這裡不遠。」

離開前，我拿起手機拍照，卻被白博士和吳主任攔截。

這些都是國家最高機密，不可照相。

「而且，」史特助一語射中紅心：「你的手機看起來是舊款的，就算拍了……也不會很清楚。」

正中我的要害，真是欲哭無淚。

因為這是我媽的舊手機。她每次買了新的手機，我就拿她的舊手機來用。但這種丟臉的事，還是吞進肚子裡就好。

雖然有點倉促，但茲事體大，這件案子如此神奇、如此重要，愈早到證物現場，愈有機會查到更多線索。

才跟著應探長踏出玻璃門，白博士立刻從後頭追上，強烈想要警告我什麼。

「胡阿布，」他幾乎用吼的，「人類肯定存在，千萬不要跟以前那些偵探一樣……」

「啪！」一聲，玻璃門已被關上。

要上車以前，我看到應探長轉回頭看著玻璃門後的白博士，發出一股對峙的光芒。

吳主任的小金龜車實在有點擠。我們一共四位，加上吳主任背後那一塊我稱之為凸形匾額的龜殼，實在很占位。

十五分鐘的路程中，他們趁機跟我說了不少白博士祖先與人類之間的心結。

應探長說，白老虎在人類的世界裡，一直被抓去當馬戲團成員，那對貓科、豹屬的百獸之王來說，簡直是天大的侮辱。也因為如此，白博士比一般動物對人類懷有更大的仇恨，幾乎已經到了歇斯底里、喪心病狂的地步。

「她一生的志願，就是找到所有的人類，然後親手殺害。」

我吞了口口水。

「不是只有白博士，所有的白老虎都秉持著同樣的想法。」吳主任搖搖頭嘆氣。

「但是……」我有些好奇，「這不都是我們的心願嗎？希望人類不要再出現在地球。」

「是沒錯，但總不會到仇恨的地步，也沒有私人恩怨，也不需要復仇……只要他們好好的待在火星上就好了。」

噢，了解。動物不希望還有人類活在地球，但倒也沒有恨不得人類滅種。白博士的願望，竟然就是希望人類完全滅亡，一個也不剩。如果可以，她會搭上太空船，到火星消滅所有的人類。

「希望你了解每一種動物與人類之間的歷史，你才會知道不同的動物對人類都有不同的想法，然後……」吳主任拍拍我的肩膀，「再由你自己做決定。」

我點點頭。吳主任的眼光散發的是尊重，外加幾分期待。

車子到了現場，我們來到一片森林。這片森林被旺盛的樹葉遮蓋到幾乎看不見陽光，幸好應探長有帶手電筒。

我拿著手電筒照照地上，經過了這麼久，腳印已經被風吹得杳無蹤跡，什麼都看不見。

「發現木條和胎盤臍帶的地方在哪裡？」我問。

應探長指著前方，是一座小山洞。山洞周圍被好幾條大膠布圍繞，看來是在保護現場，避免遭到破壞。

他們拿著手電筒跨過大膠布，要我一起進到洞內。我晃頭晃腦，看到裡面有一些用石頭堆積起來的凳子，以及一格又一格的某種東西，類似平面抽屜，還有一些凌亂的布、稻草和木頭做的水桶和小勺子。應探長說，胎盤和臍帶就是在這些桶子旁邊找到的。

低頭一看，腳印的痕跡遍地都在，大小跟白博士那裡的模子差不多一樣，也呈現半圓圈無腳趾形狀。我拿起錄音筆，「喀」一聲按下。

「這裡的腳印與白博士那裡的形狀差不多，看來，這裡真的有人……或動物住過。」

狐狸的鼻子遠比鸚鵡和烏龜好很多，所以我立刻聞到焦味。我回頭望著史特助，他應該也跟我一樣聞到了，畢竟他是隻狗。

他鼻子很自然的抽動幾下，一臉憨厚，完全沒有內心戲。

我從應探長手中拿過手電筒，在地上照來照去。

地上的沙土有幾塊焦黑圖案，我蹲下來用手指黏黏，送到鼻子前聞了一會兒。

「的確是燒焦的味道。」

應探長聽完我的第一個結論，身體抽動一下，有些不自在。

我繼續繞著現場，心裡爆發無限激動。要是老爸還在世，肯定令他刮目相看，洗刷他一輩子被老媽碎碎念的恥辱。

眼角突然撇到土裡藏著一根線頭，打斷了我的回憶。

我蹲下，把證物拿到半空中，請應探長用手電筒幫我打燈。

「是麻繩！如果真的是人類，我猜他們應該會把線拿來做成器具，或者運用在別的用途。」我對著錄音筆大聲說出推測。

而且如果估計得沒錯，其他地方也會有麻繩。我心裡這麼想。

果然我是對的。我在不遠處也挖到麻繩，只不過這次不但是麻繩，而且是麻繩編織成的一片……東西。

「這會是什麼呢？」我拿著這東西翻來翻去，對著錄音筆自言自語。

這個「東西」看起來形狀怪異，不像碗，不像盤子，大小也就只有應探長整個身子這麼大。

他們三個沒說什麼，互相看著對方，不約而同露出了神祕的恐慌。

我開始對他們的反應感到納悶。

自從來到證物現場，他們三個幾乎沒有協助我，更沒有打算問我的想法。還有，他們沒有興趣跟我一起挖掘更多有可能藏在土裡的證物。對於我找出麻繩這個新證物，他們並無驚訝之意，也不感任何興趣，只有如出一轍的神祕眼神，交會在詭異空氣中。

如果我猜的沒錯，他們三個對這個案子早已瞭若指掌。

但有一點我不懂……如果早已水落石出，無論智人存不存在，他們幹麼還要找我？

「你覺得這是人類嗎？」史特助發出疑問。

我看著他，看著吳主任和應探長，這三位一點都不像在請教，也壓根無意討論，反而像在等我自己宣判自己的下場。

我低頭觀察麻繩做的「東西」，轉來轉去，在記憶某處發起微微的光，跟我招招手。

我把麻繩「東西」放在地上的半圓形腳印上，果然吻合度高達百分之九十。

「智人，你還存在地球上嗎？」我露出微笑，望著他們三位，講出我的判斷：「是的，智人，你還存在。」

他們三個很驚訝。

「你確定？」吳主任挑釁。

「就憑這個麻繩做的東西？」史特助聲調變高。

「說出你的推理，我們聽聽看。」應探長走到我面前，雙手擺到背後。

「第一、燒焦的味道以及痕跡十分明顯，」我邊走邊列出我的論點，順便把錄音筆拿到嘴邊，「第二，這個山洞看起來的確有住過的痕跡……」

「但可能不是人類啊。」吳主任插嘴。

「是沒錯，但有另外一點是關鍵！」我看著應探長，「如果胎盤和臍帶都在這裡，那麼……怎麼沒有腳印？」

還沒等他們回應，我劈里啪啦對著錄音筆喊：「所有的動物在生完孩子的幾小時內，新生兒就有能力站起來，甚至走動。除了人類。智人。靈長目。哺乳類！」

沒有回應。他們一點反應都沒有。

唯一的反應，就是瞳孔放大，看來是內心戲。

我心裡也正上演一齣內心戲。我超想拿鮮花獻給老媽，謝謝她每天有事沒事在我耳邊嘮叨她幫動物接生的細節。

「那幾隻一生出來就活蹦亂跳。」

「吼，今天那隻幾分鐘才站起來。」

「他們一生就是一打，每隻都滾在地上，滑倒好幾次才站起來的。」

這些都是她經常掛在嘴邊的話。雖然我很自然的會把耳朵閉起來，但書到用時方恨多，那些不想聽進去的細節就是會在最不經意的那一刻，完美無缺派上用場！

小動物生出來，都會在地上掙扎個老半天，這是動物的天生反應。而這塊土地上，卻一點掙扎的痕跡都沒有。

「從小我們就學過，智人是唯一一種初生嬰兒無法站立，手足無措的罕見動物。他們一生出來就需要大人的懷抱，無法自立。」

眼前三位被我的理論嚇到目瞪口呆。我注意到史特助的眼眶中，閃爍出一股崇拜。

既然如此，我乾脆一次講完，讓他崇拜到天荒地老，海枯石爛。

「啊，最後……這個麻繩做的東西，跟地上的腳印幾乎一模一樣，雖然我不知道這是什麼，但依我看，應該是人類慣用的日常用品……」

我拿起這塊麻繩做的東西，在手電筒下翻來覆去。

「想知道是什麼嗎？」史特助走到我面前，距離近到有點失禮。

史特助把我手上的麻繩東西拿走，蹲在地上。我看著他輕輕的把麻繩東西妥當、安穩放在另一個半圓圈腳印上。

剛剛好，恰恰好，吻合度百分之百。

史特助站起來，又再度回到之前與我之間失禮的短距離。我往後退幾步，看見其他兩位也愈靠愈近。

OK，史特助的表情，看起來像是知道接下來會發生什麼事……

吳主任的表情，看起來像是接下來發生的事跟我有關……

應探長的表情看起來像是……

我快要倒大楣了。

我心裡開始盤算如何逃離此地。

「那個……廁所在……」

吳主任雙手插胸，搖搖頭，露出一陣無奈的苦笑。

「那個麻繩東西，叫作鞋子。」

說完後，史特助將黑布套在我臉上，一股薰香味狠狠的令我天昏地暗，不醒人事。

🌍

眼皮還未完全睜開，一股濃郁的火味衝進鼻孔。接下來我意識到一件慘事：我的四肢被五花大綁，動彈不得。

「阿布，先喝點東西。」應探長把水瓶往我口裡送。

喝完後，我終於破口大罵。

「這到底怎麼回事！我又沒……」講到一半，想想他們該不會是要綁票勒索？

我只好改口。

「唉呀，有話好說，幾位看起來都是政府機關的專業人士，可能手頭比較緊是吧？我了解！來，如果要錢，我們家是沒啥錢，倒是有一間小小的辦公室，雖然不大但地點好，風水佳，可以拿來改建，看是要賣水果或賣彩券都很適合……」

「噢，拜託！阿布，誰跟你要錢啊！」應探長搖搖頭，大概覺得我很囉嗦。

接著連史特助和吳主任都哈哈大笑起來。

等到他們笑完，我也聞到火味愈來愈靠近，開始有點緊張。

「我們帶你來，無非要你親眼目睹這件事的真相。」

吳主任神情嚴肅，但眼裡散發誠懇。

史特助開始解釋。

「麻繩的東西叫作『鞋子』，是人類發明的。我們動物不穿鞋，因為那會破壞我們與土地之間的連結。」

「你當然不會知道，因為……」吳主任幫我解開繩子，「很久以前，所有關於鞋子的歷史和影像都從博物館和研究中心拿走了。所以，地球上不會有動物知道鞋子的事。」

我有一個不好的預感。他們撤掉「鞋子」的公開資訊，為的是什麼？

應探長的手指向我後面一大片森林，遞給我一個望遠鏡。我拿著望遠鏡往層層樹林間一望，看到一幕令我想尖叫、搥胸和逃離現場的衝動。

「這這這……那那那……我……這真的是……不會吧……」

是人類。智人。靈長目，哺乳類，擁有高度的智商與文化。

一共有兩個人，而且都穿著麻繩做的「鞋子」。左邊的是男人，右邊的應該是女人，她懷裡抱著布包起來的……嬰兒？

沒錯，那位人類嬰孩突然發出連環嘶吼，讓兩個人類陷入一陣慌亂，連距離幾百尺的我也跟著心跳加快，感覺整個世界都即將爆炸。

這位嬰孩要採取攻擊了？還是嬰孩想要從女人身上跳下去？啊，嬰孩該不會聞到我們就在附近，正試著警告他的父母！

我把望遠鏡丟回給吳主任，示意嬰孩嚎哭隱藏著危險性，趕快三十六計走為上策！但他一臉鎮定，揮揮手要我繼續看下去。

把望遠鏡架回雙眼，我看到男人用布做成的小熊，在嬰孩面前甩來甩去，臉部還擠成一團，幼稚到極點。女人也跟著男人一起將臉擠成一團，將抱著嬰孩的手臂搖來搖去，晃來晃去……

然後嬰孩不哭了。他笑了，而且笑聲好清脆，像鈴鐺，也像陽光被搔癢，聽到內心會暖起來。

我知道這些表情：愛。

「這就是人類。」吳主任眼眸蓋著一層溫暖，靜靜望著人類的一舉一動。

「所以……你們早就知道人類存在？」

「嗯。」

「嗯。」

「嗯。」

這三位異口同聲。

「可是……可是人類很危險，不能再讓人類活在地球上！只要有人類，就會有更多北極熊事件發生！」

我背出小時候的訓詞，而且還打算把接下來的「切記、切記」兩句話講大聲一點，但又怕打擾到幾百公尺外的「人」。心中湧起一千萬個問題，有幾億幾兆瓦的怒氣想要爆發，但應採長突然說出一句話，令我瞬間閉嘴。

「知道人類存在的不只有我們，還有你爸爸，你祖先。每一位祖先。」

什麼！

「阿布，」應探長依舊冷靜，「如果可以，希望你跟你的祖先偵探一樣，靜下來聽聽我們的故事，再做出決定，好嗎？」

我深呼吸，又深呼吸……重複了十次以後，衝著祖先的面子，點點頭。

於是在距離人類幾百尺外的森林中，這三位說出他們與人類之間的歷史。

應探長今年八十五歲。鸚鵡可以活到一百多歲，所以他看過人類。不但看過，還曾經有過「主人」。

存。

吳主任今年九十歲。當然，烏龜長壽是眾所周知的常識，所以他也曾與人類共存。

至於史特助……狗的生命無法跟烏龜和鸚鵡相比，但據他的說法，他們的祖先曾經是人類「最好的朋友」。

「OK，」我有點不屑，「你們都跟人類很好，恭喜你們。但是人類把地球搞得亂七八糟，這點跟我比較有關係，所以我無法忍受他們繼續留在地球上。」

「阿布，」應探長說：「你所認識的人類，只是人類的其中一面……不好的一面，自私又不負責任的一面。但是人類有另一面，是我們親眼所見、親身經歷，而我們希望親口告訴你的。」

「OK，例如？」我插胸，右腳板啪啪啪的拍地。

「我們原本是即將絕種的鸚鵡。」

「看吧！人類搞出來的。」

「聽我說……」應探長居然露出懇求的眼神，「我的主人是鸚鵡研究機構的人員，他為了讓我們有機會活在地球上，花上一輩子的生命培育，讓我們有機會繁殖，有安全的環境長大，也制定嚴格的法律保護我們……」

我看到應探長眼中泛出淚水。

吳主任拍拍他的肩膀，說出屬於他的故事。

「唉，我都是九十多歲的老頭啦！你大概看不出來，我從小就被人類遺棄在垃圾場裡，還被人類小孩子踢來踢去……吶，你看我背後的殼……」

吳主任一轉身，我看到他的殼上有幾道又深又長修補過的裂縫，從頭到腳，令人慘不忍睹。

我很想繼續說：你看吧！又是人類！但他馬上接話，沒有時間讓我插嘴。

「後來有一對老夫婦把我撿起來，送到好幾家獸醫院，都無法修補好。你知道的，如果一直無法修補，我就會死去。後來我又被送到不同的國家，被不同的獸醫修補，據說世界各地有不少人為我加油，人類像接力賽般堅定的要救回我的生命……於是，我活到了現在。」

吳主任沒有淚水，但聲音哽咽。

我不知道該說什麼。

「換我吧！」史特助提提他的眼鏡。「我的全名叫史努比，據說是以前人類世界裡，最有名的一隻狗呢！呵呵，雖然我沒見過人類，但是我們祖先流傳了許多跟人類一起玩的影片喔！」

史特助當場把手機拿出來，播放一段又一段老舊的影片。影片中的那位小女孩跟一隻狗一起玩球，一起洗澡，一起睡覺，一起念書……

影片最後，這位小女孩已經成為媽媽，而這隻狗已經老去，連走路都很吃力。

「你看，」史特助指著老狗的腳，「這是人類替他裝的輪子，這樣他就可以行動了。」

很不幸的，也很幸運的，偏偏我就是對每一種動物的表情有強烈的解讀能力。看來這項能力也包括了人類。

我知道這位女孩抱著輪子狗的表情：愛。

「阿布，」吳主任坐在石頭上，「人類就跟動物一樣，有邪惡的地方，也有軟弱和可愛的一面。他們感情豐富，容易感動，也容易給予愛和被愛。」

「而且就跟所有的動物一樣……」應探長飛到吳主任肩膀上，「犯了錯以後，他們會很努力、很用力的挽回一切。」

應探長給我其他的例子：貓熊之所以還在地球上，也是因為人類。人類種植不易生長的竹葉，讓貓熊有食物可以吃。還有大象也是！人類甚至發下狠話，只要有殘害大象的跡象，抓到後絕對重罰！

「還有雪豹，啄木鳥，麋鹿，以及海洋裡的海龜和企鵝……全都是人類盡力保護而存留至今的動物。要不是他們，我們這些動物同伴早就跟北極熊一樣，消失得無影無蹤。」

吃驚已經不足以形容此刻的感受。這是我第一次聽到智人的另一面，而且是正面的事蹟，不是那個摧毀地球的可惡種類。

我不知道人類曾經力挽狂瀾，試著培育那些瀕臨消失的同伴。

但也不對，人類最後逃到火星，聽起來還是超卒仔的！

「的確，到了最後，人類以為這是唯一存活下來的方式，但他們實在低估了其他動物強大的力量！」吳主任回答。

「那麼……」我好奇，「既然人類全都離開地球了，為什麼還會有人留下來？」

這個問題讓他們說出了另一個天大的笑話。

原來人類建好超大型太空船以後，發現太空艙內掉了一個零件。如果沒有那個零件，就無法啟動引擎！

「結果他們……哈哈哈哈……拿了摩托車的火星塞……哈哈哈哈……」史特助笑到眼鏡都掉在地上，我還是沒聽懂。

「汽車和摩托車點燃引擎的工具叫作『火星塞』，某個工作人員以為到火星就一定需要火星塞，可是這個火星塞只能讓摩托車發動啊，結果就……哈哈哈哈……」

搞了老半天，某個神奇的人類把摩托車的火星塞拿給太空船的修護人員，結果到半路當然就故障了，造成某一截太空艙脫節，直直掉落在地面上！而那節太空艙裡的人，就是多年來屢次出沒、不小心留下足跡和證物的人類。

說完後，他們三位看著彼此大笑，連我也覺得蠢到極點！這可是人類、智人、具有高度智慧的靈長目、哺乳類啊！

「阿布，」應採長收起笑容，抖抖身上的羽毛，「這些年來，我們發現了許多人類的足跡，他們低調的生活在隱密的區域，不想惹來其他動物的擔憂。每次一出現人類的蹤跡，政府除了請我們調查以外，還會找一位民間的偵探來加強結果的真實性，原因不外乎是人類的存在，會關乎到海陸空三地的安危……就算黑總理告知海王調查的結果，海王也不一定會買單。你懂嗎？」

「所以……你們是希望我……」

「有史以來，你的爸爸、爺爺，以及所有的曾輩祖先，都是這件案子的偵探。」

我退後兩步，感到頭腦暈眩。

「他們選擇告訴總理……智人不在地球上。」

我的思緒像一匹脫韁野馬，四處飛奔，找不到終點。

這是真的嗎？

老爸、爺爺、曾祖父、曾曾祖父……還有一堆曾字輩的祖先，你們握有天大的奇案，卻選擇不破案？如果他們願意揭開智人依舊存在的事實，或許會被封為世紀名偵探、福爾摩斯第二把交椅……

我再度拿起望遠鏡，看著人類父母抱起嬰孩，三個人的笑聲灌滿整座森林。

大概是昨晚下過一場大雨，我一拉開小鐵窗，臉馬上被積在鐵窗裡的水滴噴得一塌糊塗。

我鑽進辦公室擦擦臉，馬上抬頭，確保辦公室裡最重要的物品安然無恙。

「呼……沒事，沒事。」我拍拍老爸的照片，好在沒被雨水糟蹋。

不知不覺又再度被老爸的陽光笑容給吸引。他的笑容很英雄，眼神很滿足，像是保住了某些重要的元素，得以讓地球再度正常自轉。

叩、叩、叩。

一拉開窗戶，前面兩位的出現，令我高度懷疑我的日子被按下「重複」的按鈕。

又是應探長與向永智。

「早啊，阿布。」應探長今天戴了個帽子，走的是偵探風。

「嘿，阿布！」向永智的兩道門牙，走的是海象風。

咦，等一下，他本來就是海象，每天走的當然都是海象風啊……我在說什麼啊？

「聽說你結案了？」

我點點頭，發現向永智講話有漏風。

「結論是？」

「我……跟應探長講過了。」

我看看應探長。他還是懶得轉頭，只有眼珠子往向永智的方向移動。

「但是啊……」向永智說：「你知道，這個案子很重要，我們海王很重視，我必須親自到這裡來，親耳聽你說出口。」

我終於知道應探長懶得轉頭的原因了，因為他覺得多此一舉，很無聊。

即便如此，我還是清清喉嚨，說出我的結論。

「您可以回去稟報海王，智人不存在地球上。」

我的結論。

向永智的圓形眉毛彎下來，露出海象般的傻笑。咦，我又在說什麼，他本來就是海象啊！

他點點頭，放心的對應探長使出「沒問題了」的眼神。接著自己滑向黑車，留下應探長一人杵在窗口。

「謝謝你，阿布。」他摘下帽子，「放棄了破案以及被封為世紀大偵探的機會，我能夠做的不多，只能給你這個。」

他遞給我一個信封，轉身飛向黑車。黑車一開，我想，大概很久都不會再見到他們了。

我打開信封，看到一張照片：是我的照片。

我手上拿著望遠鏡，對著遠方微笑。不知是何時，他們竟然把我看到人類一家人的模樣拍了下來！

我記得當時，那一刻，我親眼看到人類散發出來的愛。

我把照片拿到老爸的照片旁，心裡終於了解為何老爸的笑容如此燦爛……

或許，他也見過我看到的景象吧？

街道漸漸熱鬧起來。對面的麵包店散出奶油香味，貓熊老闆騎著腳踏車載女兒上課，順便丟了一塊菠蘿麵包在我面前，右邊的大象婆笨重的搬出盆栽到街上賣，左邊的雪豹阿伯戴上老花眼鏡和拐杖散步……

看著這些原本瀕臨消失的鄰居們，正好好的活在地球上，我知道，我的選擇是正確的。

作者的話

有沒有想過一件事：到底動物喜不喜歡人類？牠們會怕我們，還是想認識我們？如果人類從此消失在地球上，動物會過得比較好嗎？不知道牠們會不會懷念我們？亦或者，牠們很希望人類不要再出現，以免地球繼續遭到破壞？

在寫〈智人，你還在地球上嗎？〉時，這些問題不停在我內心轉動：對於人類造成地球生態環境的嚴重汙染，動物一直以來所扮演的「被害者」角色。但在這篇故事中，牠們轉換成地球的統治者，道出牠們對人類真正的想法！

期待讀者們看完後，會跟我一樣由衷感謝每一隻動物對人類的體諒，也感恩牠們默默的為地球付出。

郭瀞婷（Tina）

出版過兒童繪本、圖文書和青少年文字小說，近期作品有「丁小飛校園日記」系列以及《暗號偵探社》。目前從事知名兒童電視劇編劇，也持續寫出幽默、感人的好故事。

歡迎到我的FB，分享你的感想！

https://www.facebook.com/tinachingting

偵探鼠王：百萬手鐲失竊記

鄭宗弦

「求求你幫幫忙，那一個翡翠手鐲價值一百萬臺幣，求求你幫我找回來。」明星珠寶店的方老闆誠懇的拜託著。

我看看牆上的時鐘，時間已經是晚上十一點十五分。

「我前天晚上就報警了，但是警察到店裡檢查後，看不出被破壞的痕跡，只是拍拍照片，說會調查，叫我耐心等候。」方老闆焦急的說：「可是我看不出警方會積極處理，我怕只靠警察的話，手鐲是找不回來了。」

這裡是「凱旋門法國料理餐廳」，現在是打烊後的十五分鐘。我面前的方老闆滿頭白髮，面容憔悴，疲憊的眼神透露出失眠的症狀。

「唉！我已經兩天睡不著覺了。」方老闆又懇求：「料理鼠王，你就幫幫我吧，那麼貴的翡翠手鐲失竊了，我今年賣再多的珠寶也彌補不回來。」

「不要再叫我料理鼠王，我已經把料理的本事教給其他老鼠，也交出主廚的位子了。我現在的興趣是偵探。」我鄭重的說。

「對、對、對，吉米很會辦案，比警察和任何私家偵探都還厲害。」餐廳老闆喬治坐在一旁說：「我曾經遺失心愛的手錶，是吉米幫我找回來。半年前我被誣賴，涉嫌一宗搶劫案，甚至被列為主嫌犯之一，也是吉米找到真凶，幫我洗刷冤屈，大家現在都改叫他『偵探鼠王』。」

「對不起，偵探鼠王！偵探鼠王！請幫幫忙。」方老闆雙手合十請求。

「看在你是本餐廳的老顧客，又是喬治的好朋友，我願意接受你的委託。」我大方的說。

「太好了，感謝你。」方老闆終於露出笑容。「請問酬勞怎麼算？」

「我的酬勞很簡單，就是起司。破案之後，提供餐廳的老鼠們一個禮拜的起司享用。」我說。

「沒問題！這很划算。」方老闆開心的說。

我叫作吉米，我是一隻會說話的老鼠。

一年多前，我還只是一隻關在實驗室裡，不會說話的普通白老鼠。

有一天，某個天才科學家給我注射了腦細胞增生的藥物。三天後，他望著我自言自語：「現在不知道怎麼樣了？」我也說：「現在不知道怎麼樣了？」，他驚喜不已，實驗成功了。他一興奮，竟然滿臉脹紅，突然昏倒，等到有人發現，他已經沒有了呼吸心跳。我猜他可能是血壓衝太高，腦中風死掉了。我不希望別的白老鼠也受到注射藥物的痛苦，就破壞了科學家的設備，然後逃出實驗室。

我來到一家餐廳的廚房偷吃東西，那裡住了一百多隻老鼠，我的智力遠勝他們，很快便獲得推崇，成為「鼠王」。我對料理美食很有興趣，曾經偷偷幫客人做出美食，後來老闆喬治發現了，成為我的好朋友，並且邀我擔任主廚。

在這一年半中，喬治教我閱讀食譜和食品成分，我因此學會了簡單的數字和國字。而且我的語言天分超乎想像，我不但會講人話，還會各種動物的語言。而這半年來，我的興趣也改變了，我喜歡研究一些稀奇古怪的事，經常獨來獨往偵察奇怪的案子。最近我已經成功破了許多案子，因而享有「偵探鼠王」的盛名了。

「方老闆，到你的珠寶店探探吧！」我說。

「好的。」他熱切的說。

我鑽進方老闆的口袋，不久，他便帶我來到明星珠寶店。

「翡翠手鐲本來放在這裡。」他打開燈，帶我到後方的玻璃展示櫃前。

我看看那位置，又抬頭看看，發現有監視錄影機。

「有拍下畫面嗎？」我問。

「唉呀！沒有。」方老闆慚愧的搔搔頭。「監視錄影機已經壞很久了，我懶得修理，所以沒有拍到。」

「你真該換個新的。」我責怪的說。

「唉！早知道，只是現在說這個已經來不及了。」他感嘆的說。

「發現翡翠手鐲失竊的當天，有人來買手鐲嗎？」

「沒有。」他說。

「你當天曾經拿翡翠手鐲出來展示嗎？」

「沒有。那個手鐲其實是古董，據說是慈禧太后的收藏品，價格很貴，很少人問起。我想想，應該有兩個多月沒有人點名了。」

「啊！這樣就傷腦筋了。」我雙手交叉抱胸。

「那該怎麼辦？」他難過的說。

「放心，難不倒我。」我堅定的說。

「你是哪一天發現手鐲失蹤的？」我問。

「前天晚上，要打烊的時候。」

「在那之前，手鐲都在嗎？」

「在。我每天打烊前都會算帳，然後檢查全部的珠寶。手鐲確實是當天不見的。」

「那一天你離開過珠寶店嗎？」

「我都在店裡顧著，沒有出門。如果要上廁所，我會先關上前門，上鎖。」

「這樣的話，小偷可能是在你顧店時行竊的，只是當時你沒有注意到。那天有客人上門嗎？」

「有，我記得有三組客人上門看珠寶。一對老夫妻進來，買了金項鍊，要給女兒當訂婚禮物。一對情侶快要結婚了，來買鑽戒，帶著一個小女孩來。還有一個先生，要買白玉項鍊給太太當生日禮物。」

我看看那些陳列著珠寶的玻璃櫃，明顯分成三個區塊。翡翠和白玉擺放在最裡面，鑽石類擺在中間，金飾品擺在最靠近前門的地方。

「那對老夫妻買的是金項鍊，應該會站在前門附近，不會靠近翡翠這邊。」我仔細分析。「而那位要買白玉項鍊的先生，會站在翡翠前面，也就是你的正前方，跟你面對面。展示櫃的開口在你這邊，他不可能偷了東西而不被你發現。」

「是的。」

「我認為，帶小女孩來買鑽戒的那對情侶，最可疑。」我推測。「當那對情侶站在中間的玻璃櫃前挑選鑽戒時，你專心跟他們交談，那個小女孩有機會趁大家不注意，偷了翡翠手鐲。」

「他們三人是專業的竊盜集團嗎？」

「有可能。」

「我想起來了，那小女孩穿著明星國小的制服，看起來像是五、六年級生。」

「這樣的話，又不像是專業的竊盜集團了。」我想了想。「我推測，小女孩是臨時起意才偷東西，那一對情侶也許不知道。你還有沒有什麼印象？比如說他們的對話。」

「那對情侶在討論結婚用的鑽戒，他們指定買最便宜的，一萬多塊，還說鑽戒不需要大，錢要省下來去夏威夷度蜜月。那個小女孩沒說什麼話，她一會兒這邊看看，一會兒那邊逛逛。」

「看來，她確實可疑。」

「對了，那小女孩稱呼情侶中的女生叫小姑姑。那對情侶叫她婷婷。」

「你可以說說他們三個人的特徵嗎？」

「我大約記得，小姑姑頂著一頭長長的波浪鬈頭髮，穿裙子，背個小包包。男生短髮，長得高壯，穿圓領的套頭襯衫，不時都摟著他的未婚妻。而那個婷婷是直長髮，長到肩膀，笑起來有酒窩。我只記得這些。」

「太好了，這些資料很足夠。」我有信心的笑著。

隔天一早，我沿著下水道，來到明星國小的廚房。這時候不到八點，廚房的工作

人員還沒上班，裡頭空無一人。

「老鼠們，快過來集合。」

我大聲一呼，很快的，有幾十隻老鼠從四面八方跑過來。

「參見偵探鼠王。」老鼠們排好隊，異口同聲的說。

「大家好，我今天來調查一宗竊案，希望各位幫忙，破案會有起司當獎賞。」

「哇，太好了。」老鼠們紛紛開心歡呼。「偵探鼠王萬歲！」

「別急，我想先請教一個問題。」我說：「你們認不認識一個叫作婷婷的小女生，讀五年級或六年級？」

「我們很少到教室去，不認識這裡的學生。」一隻老鼠說。

「天哪！」我不高興的說：「你們在學校待那麼久了，竟然不認識？」

「我們不敢進教室，學生只要一見到我們就會尖叫，然後告訴老師、主任、校長，回家後還會告訴家長。接著就會有人來捕殺我們，非常可怕。」另一隻老鼠說。

「我們都好羨慕『凱旋門法國料理餐廳』的老鼠，上次我去那裡，看見老闆喬治對你們那麼好，還熱情的招待我們吃東西，覺得你們好幸福。」第三隻老鼠說。

「我了解，跟喬治一樣的人類絕無僅有，你們有你們的苦衷。」我感嘆的說：「這樣好了，我自己進教室調查。」

「不要啊！危險。」另一隻老鼠說：「如果你被發現，我們會遭殃的。」

「你們放心，請相信我。」我自信滿滿的說。

這時，有腳步聲接近，一看牆上的時鐘，已經八點了。大夥兒一哄而散，瞬間鑽進排水溝、櫥櫃、儲藏室……

我急忙從門縫鑽出，小心翼翼的往教室走去。好多學生陸續進教室早自習。我沿著走廊邊的牆壁下方奔跑，一邊觀察環境。

嗯，校園很漂亮，每間教室外面都有花圃，裡面種了花草，萬紫千紅，非常美麗。花圃也是良好的藏身地點，只要一有人接近，我就直接鑽進花圃裡，因此，完全沒有被發現。

五年級有五班，六年級也有五班，學生們都安靜的坐在教室裡看書，我該怎麼調查才好呢？總不能一個一個問吧？對了！與其問學生，不如問老師。

我跑進教師辦公室，發現裡面空無一人。怪了！老師們到哪裡去了呢？

「各位老師，我們這一週要加強學生輔導的重點是……」

我聽到麥克風的聲音，好奇的循著聲音跑過去。就在一個會議室裡，我看見幾十位老師坐在裡面，講臺上有個老先生在講話。他該不會就是校長吧？

我偷偷沿著牆壁爬上天花板下的音箱，咬了一個小洞，鑽進裡面。再趁校長講話停頓的空檔，學他的聲音說：「各位老師，你們班的小朋友，名字當中有『婷婷』的請站起來，並且報出你們班的班號。」

我往底下一看，竟然沒有站起來。

有個女老師舉手說：「校長，我們班有人的名字裡面有個『婷』字，她的家人平常叫她『婷婷』。」

「我們班的那個也是。」另一位老師說。

「什麼？」臺上的校長一臉錯愕。

我抓緊時間，趕緊修正說：「好的，班上女學生的名字當中，有個『婷』字的老師，請報出班號。」

「五年三班，莊雅婷。」

「林依婷在六年二班。」

「劉婉婷，三年四班。」

「黃婷蕙，一年一班。」

校長驚訝的說：「老師們，你們在做什麼？」

「校長，您不是說……」老師們議論紛紛。

太好了，一共四位，我都記下來了。扣除一年級和三年級的兩位，我只要調查另外兩個就好了。

趁老師們還沒回教室，我鑽出音箱，偷偷溜走。

我望著每個班級門口掛著的班號牌，先來到六年二班找林依婷。

我躲進花圃裡，對著教室內喊：「林依婷，出來一下，有人找妳。」

「噢，誰呀？」一個小女孩走出來，到門口張望。「奇怪？不是有人在叫我？怎麼沒看到人。」

「一定是惡作劇。」裡面傳出另一個學生的聲音。

我看清楚林依婷的長相，頭髮短短的，剪的有點像小男生，這一點也不像方老闆描述的。不過她的臉上有酒窩，這一點倒是符合條件。

林依婷聳聳肩膀，然後沒有進教室，而是走向走廊，往外去。

「妳要去哪裡？」教室裡面的同學問她。

「我正好想上廁所。」她回答。

「妳快點回來，老師就快開完會了，最好不要讓他看見妳不在座位。」

「拜託，風紀股長，我上個廁所而已。」她有點不高興的說。

她走進廁所，我跟蹤在後面。當她關上廁所的門，我躲在拖把後面，故意裝那位風紀股長的聲音說：「林依婷，妳的姑姑什麼時候結婚？」

「王曉宣，是你嗎？」林依婷在廁所裡面，笑著說：「妳好無聊，竟然管到廁所來了。她們下個月十五日結婚啦。」

「她們買婚戒了嗎？」我又問。

「買了啊。」

「那妳有沒有看到珠寶店裡面，有一個很漂亮的翡翠手環？」

她停頓了一下，隨即說：「什麼翡翠手環？我不知道。」

她沖了馬桶，猛然打開門。

「王曉宣，王曉宣，妳在哪裡？」她打開其他廁所的門，發現都沒有人在裡面。

她似乎感到害怕，用很快的速度跑進教室。我急忙跟上去，看她走進教室坐下來，記下她的座位。

「怪了，她怎麼那麼快就跑掉了？」

我覺得她很可疑，因此待在教室外的花圃裡，等待時機，進行下一步的調查。

終於讓我等到了。第四節課，全班到操場上體育課，教室內空無一人。我跑進教室，鑽進她的書包，希望能找到翡翠手鐲。可惜沒有，我又查了她的抽屜，還是沒有。

她會不會將手鐲借給了朋友呢？我心想。反正還有時間，我就搜索了每個人的書包和抽屜。

可惜找了半天，毫無所獲。
我不死心，打算等她放學，跟她回家，或許東西是藏在家裡。
沒想到放學後，她沒有直接回家，而是去附近的公園，跟幾位朋友碰面。
我仔細留意他們的制服，有兩位是國中生，有三位是小學生。
她們約在公園做什麼？我好奇的聆聽。
「妳的新髮型真好看。」一個國中男生說。
「看起來會不會變胖了？」林依婷問。
「不會啊！」那個男生回答。
「你知道最近有個偶像歌星減肥成功了嗎？」一個女生問：「你們知道的，我最喜歡的那一位。」
「真的嗎？她本來就不胖啊！」另一個男生說。
「有什麼好減肥的，太瘦反而不好看。」另一個女生說。
「媽媽說我太胖，要我少吃零食。」林依婷說：「我姑姑也這麼說。」
「好啊！我們就故意不聽大人的話，現在就去買零食來吃，把自己吃胖。」另一個女生說。

「耶！」林依婷開心的歡呼。「走！」

她們一同離開公園，走進馬路對面的便利商店。

我偷偷跟進去，爬上天花板觀察。她們在裡面挑零食，不時還交頭接耳，討論要買什麼。

啊！我目睹了一件壞事……

她們走出便利商店，林依婷說要先走，大夥兒便各自散了。

我跟蹤她回家。她來到一戶有院子的別墅，拿出鑰匙，準備打開院子的大門。忽然一個年輕女生手提了一包垃圾出現在對街，對她呼叫：「婷婷，妳爸寄了一包東西，是妳的生日禮物，在我家，先跟我去拿。」

「好，小姑姑。」林依婷開心的喃喃自語：「想不到爸爸還記得我的生日，呵呵！」

「先到我家等，我丟了垃圾馬上過去。」她的小姑姑又說。

林依婷收起鑰匙，轉身往小姑姑那邊過去。太好了，趁這機會，我可以先進屋子搜查一番。我急忙從院子門下面鑽進去。

「喵——」

「砰——砰——」

我聽見奇怪的聲響，急忙跑到窗戶下偷看。只見一群大貓正在房間裡玩耍。天哪！臥室的床單掀翻了，皺成一團。地面上有掉落的書本、從桌上摔落的鋼杯，水流得到處都是，垃圾桶打翻了，紙屑撒了一地。

「又來了，咪咪，你和你的『貓戰士』朋友可不可以到外面去玩？」一隻土黃色的老狗出現在房間門口，不高興的對著這些大貓說。

「誰理你這隻臭嚕嚕？喵……」一隻白貓不屑的回應。

老狗不由得怒火中燒，壓低身子對咪咪狂吠：「哼嗯——汪！汪！」

「嗨！咪咪、嚕嚕，我回來囉！」是林依婷的聲音。

哇！小姑姑家是住得多近啊？竟然這麼快就回來了。

屋子裡忽然靜默下來，接著一團團黑影奪窗而出，「咻咻咻——」，那群大貓奮不顧身，死命的用最快的速度逃離。我看著牠們的背影輪番飛越院子外面，那一道二點五公尺高的水泥圍牆。

咪咪也跳出窗戶，匆匆瞥了我一眼。不過牠沒有跳出圍牆，而是偷偷的跳進客廳的窗戶。我急忙跟在牠後面，也進客廳去看看。

「砰！」就在屋子大門關上後，咪咪，那隻嬌美的白貓裝出溫柔可人的模樣，往林依婷的腳踝磨蹭。「喵——喵——」我聽得懂貓語，那是在說：「我最乖了，婷婷愛我，疼疼我。」

「咪咪乖。」林依婷輕柔的蹲下來抱牠，又是摸頭，又是搔腮。

嚕嚕看了，滿臉嫉妒，馬上跑去房間門口，轉身朝林依婷叫：「汪！汪！」

「怎麼了？你又要告狀啦？」林依婷沒好氣的走到屋內去。「天哪！嚕嚕，你太過分了，每次闖禍就賴給咪咪。」

林依婷放下手上抱著的大維尼熊絨毛娃娃，單手摟著咪咪，一邊收拾東西，一邊凶巴巴的數落嚕嚕：「你以為我是傻瓜啊？咪咪這麼小，破壞力沒那麼大，我要是相信你，我就是笨蛋。」

咪咪賴在婷婷的懷裡，邊撒嬌邊狡猾的微笑。嚕嚕看見咪咪那模樣，更憤怒了，朝牠狂吠：「汪——汪——」

「砰！」忽然一本書從天花板下飛過，差點打到嚕嚕的頭。只聽見林依婷惡狠狠的吼著：「閉嘴，嚕嚕，你不認錯，還凶咪咪做什麼？今天罰你不能吃飯。」

「嗚——」嚕嚕真是委屈到了極點，夾著尾巴，默默的縮進沙發下面，難過的發不出聲音。

這時咪咪轉移注意力，盯住了我。牠跳出林依婷的懷抱，衝向我。

「喵——」牠張開大嘴巴，向我咬來。

我一時慌張，急忙從房間跑向客廳，心想這下死定了。

咪咪以迅雷不及掩耳的速度衝到我面前，擋住我的去路，並且張開大嘴巴，低頭咬我。就在千鈞一髮之際，一團黑影撞上牠。

「砰！」

「喵——」咪咪慘叫一聲，被撞到桌子底下。牠掙扎的爬起來，連忙跑進房間，向林依婷撒嬌訴苦。林依婷大概沒看到，才沒有過來責罵嚕嚕。

「謝謝你，救了我。」我拍拍胸口，誠懇的對嚕嚕說。

「啊？為什麼老鼠在講狗話？」嚕嚕驚訝又好奇的說。

「因為我會講狗的語言。」我耐心的說明。「我是偵探鼠王，專長是偵察案件、揪出壞人。我精通各種動物的語言，包括人類、貓和狗。」

「太神奇了。」嚕嚕不可置信的說著。

「你被誣賴了，弄亂房間的是咪咪和牠的貓同伴。」

「你看見了？」

「沒錯，我可以當證人，去說給你的主人聽。」我義憤填膺的說。

「不用了。」嚕嚕欣慰的說：「自從咪咪來到這個家，婷婷就偏心只疼牠，不再喜歡我。如果去解釋什麼，婷婷只會更討厭我而已。沒關係，有人了解就好，你這麼說，我已經很高興了。」

「你是我的救命恩人，我該怎麼報答你？」我說。

「不必報答，有機會教訓咪咪，我感謝你都來不及呢！哈哈！」嚕嚕開心的說。

「對了！」突然想起了我的任務。「你有沒有看過一個翡翠手鐲？在這個屋子裡，可能是林依婷從外面帶進來的？」

「嗯……沒有。」嚕嚕想了一下。

「那好吧，應該是我想錯了。」看來，林依婷可能不是偷翡翠手鐲的人。「畢竟她的髮型和方老闆形容的不一樣，不是長髮到肩膀的女孩子。」

「你說什麼？」嚕嚕納悶的望著我。

「沒什麼，我走了，謝謝你。」我告辭，從屋子大門底下鑽出去。

第二天早上，明星國小早自修時，我轉移目標，調查五年三班的莊雅婷。

我躲在教室面的花圃，用類似的方法認出了她。

喔！這一位婷婷的頭髮是長的，稍微超過肩膀，而且笑起來也有酒窩。嗯！說不定就是她。

一整天，我都找不到適當的時機問話，即使她去上廁所，也是在人潮眾多的下課時間，根本沒辦法不被發現。我只好選擇放學後跟蹤莊雅婷回家。

不過，莊雅婷沒有直接回家，而是去安親班。那不過就是從學校的教室，走進校外的另一間教室，因為裡面都是學生。

「婷婷，前天跟我借的紫色原子筆呢？」有個女生不高興的說：「快還我啦。」

「我今天沒有帶，在家裡。」莊雅婷拿出功課低頭猛寫，似乎故意裝出很忙的樣子來敷衍那個人。

「明天一定要還，不然就跟妳媽講喔。」那個女生生氣的說。

「好啦，好啦，明天一定還。」莊雅婷還是沒有抬頭，埋頭寫字。

那個女生得到承諾，就默默的走到隔壁教室去了。

嗯，這個莊雅婷借人家的東西拖延不歸還，品德有問題，看起來很貪心，說不定就是偷翡翠手鐲的小偷。

我看這時機不錯，就裝出那個女生的聲音說：「妳的小姑姑什麼時候結婚？」

她仍然低頭說：「她們結婚了啊，三個月前就結婚了，而且是大姑姑啦，不是小姑姑。」

啊！這不是我要找的婷婷。

我一溜煙，跑回餐廳，決定另想辦法。

這時是晚餐前的忙碌時間，所有的老鼠都在廚房裡幫忙煮菜，喬治則在整理環境，準備五點開門迎接賓客。

「嗨！吉米，案子辦得怎麼樣？」喬治跟我打招呼，關心的問。

「唉！還沒有結果。」我沮喪的說：「你們忙，我不吵你們了。」

說完，正想走進廚房的儲藏室——那是我的房間所在位置。

「喬治老闆，請問偵探鼠王在嗎？」我還沒進廚房，就聽到餐廳裡有人問起我。

「方老闆！真是太巧了，偵探鼠王剛回來呢。我幫你叫他。」喬治親切的說：

「哇！這滿手都是起司，你這是……」

「不用叫了，我在這兒。」我轉身去見方老闆。「方老闆，有什麼事嗎？」

「太感謝你了，偵探鼠王。」方老闆笑容滿面，將捧在手上的三大塊起司放到桌上。「我的翡翠手鐲物歸原主了。」

「什麼？」我不敢相信自己的耳朵。「你說什麼？」

「都是你的幫忙，那個百萬翡翠手鐲，今天早上回到我的店裡了。哈哈！」他笑開懷。「我今天提早打烊，來送禮物表達感謝。」

「啊！這到底是怎麼回事？」我驚訝的說。

「怎麼了嗎？」方老闆訝異的問：「有什麼不對嗎？」

「那不是我的功勞，還沒有破案，請把起司拿回去。」

「不是破案了嗎？」

「並沒有。」

「噢！這麼說來，可能是小偷良心發現，拿回來還？」

「有可能，但是跟我無關。」

「沒關係，手鐲回來了就好，這些起司還是請收下吧。」

「不行啊，案子還沒查完。」

「沒關係，我懶得計較，不用查了。」

「不行，如果沒有抓到真正的竊賊，小偷食髓知味，以後還會再犯，危害別人。」

「很有道理。」方老闆說：「我支持你繼續辦案，不過這些起司請先收下。」

「好吧。」我勉強答應了。「你帶我去珠寶店，看看那個手鐲。」

「好的，這就走。」

我爬進方老闆的上衣口袋，不久就來到明星珠寶店裡。

我看到那個手鐲了，顏色是深綠的，燈光下發出迷人的光澤，非常漂亮。

「你是怎麼發現它的？」我問。

「今天我來開店，打開鐵門時，並沒有看到手鐲，但是等我將各處打掃乾淨，要去門口倒垃圾時，赫然發現這手鐲躺在地上。」方老闆說。

「聽起來，有人趁你掃地時不注意，偷偷放了回來。」我說。

「是啊！」方老闆拿起手鐲，鼻子皺了皺說：「有股怪味，我去洗乾淨。」

「等等，先不要洗。」我急忙說：「給我聞聞看。」

方老闆將手鐲放到我面前，我聞到一股濃濃的味道，似曾相識。

「我知道竊賊是誰了，我這就揪他出來。」我說完，快速跑出珠寶店。

我跑去林依婷家，偷偷從窗戶爬進去，並且爬上牆壁，躲在壁櫥最高處。

嚕嚕在客廳，咪咪跟牠的貓朋友在房間內玩鬧，顯然林依婷還沒回來。

「咯嚓——」大門的鎖開了，林依婷回來了。

林依婷走進房間，緊接著衝出來對嚕嚕破口大罵：「嚕嚕，你太撒野，又把房間搞得天下大亂。等媽回來，我一定要告狀。」

這時咪咪悄悄從客廳的窗戶跳進來，跑到林依婷的腳邊撒嬌，「喵——」同樣的戲碼再次重演。我聽出咪咪的意思，那是在說：「我最乖了，疼我、愛我。」

「嗚……」嚕嚕嗚咽著。

林依婷抱著咪咪走進房間，完全不管嚕嚕。

我再也看不下去了，對嚕嚕說：「你怎麼都不抗議？」

「啊！是你呀！」嚕嚕抬頭看到我。

「看得出你心事重重。」

「唉！我老了，失寵了，還能說什麼？」

「怎麼說呢？」

「還記得九年前剛來到林家時，婷婷的爸媽陪著五歲的她餵我吃牛肉罐頭，幫我洗澡，還天天帶我去散步。屋子裡充滿陽光和歡笑，感覺很甜蜜，很美好。但漸漸的，爸媽好像相處得不愉快，時不時出現吵架聲，伴隨著婷婷的哭泣。」

「我猜，他們後來離婚了？」

「答對了。」嚕嚕難過的說。

「然後呢？」我問。

「兩年前，婷婷的爸媽離婚了，爸爸離開這裡，媽媽接收房子，並擁有婷婷的監護權。為了養這個家，媽媽必須到其他城市工作賺錢，一個禮拜回來一次。屋子裡只剩婷婷一人，還好婷婷的小姑姑住得很近，偶爾會過來關心。噢！不，還有我陪著婷婷，每一天，只要她放學回來，我們都形影不離。」

「咪咪呢？」

「就是那時，婷婷要求養貓，說貓比較可愛。媽媽可能是怕她寂寞，也或許想彌補點虧欠，就帶了咪咪回來。」嚕嚕語重心長的說：「突然失寵，對我來講真難適應，可是看見婷婷抱著咪咪心滿意足的樣子，我又為她感到高興。唉！婷婷開心最重要了，有什麼好計較的呢？」

我感到生氣，說：「可惡啊！你這個說謊的傢伙，受不了，我要揭發真相。」

我急忙從窗戶跑出去。

我需要某個人的幫忙。

一個小時之後，我們一起來到林依婷的家。

「叮咚！叮咚！」方老闆按了門鈴。

「誰啊？」林依婷開了院子門。

方老闆沒說話，其實是我裝成他的聲音：「林依婷。」

「啊！老闆。」她好驚訝。

「前幾天，妳跟妳的小姑姑和未來的姑丈，到我的珠寶店去買鑽戒，然後偷了店裡的翡翠手鐲，妳好大的膽子。」我不客氣的說。

「我？沒有……有……」婷婷臉色發白，語無倫次。「我不知道……」

「不必否認了，店裡面的監視錄影機都拍到了。」我騙她。「而且妳心虛，怕被調查，故意叫妳的小姑姑帶妳剪頭髮，而且剪得很短，好掩人耳目。」

「啊！」林依婷滿頭大汗，臉色轉為紫紅，突然眼眶一紅，嚎啕大哭：「哇——我再也不敢了，不敢了……」

「我調查過，妳是個慣犯，常常跟朋友進超商。有人故意跑去轉移店員的注意力，其他人各自默默的拿了架上的東西，然後若無其事的走出去。那一天，我親眼看到妳偷了貓罐頭回家，對不對？」

「你怎麼知道？」

「說，為什麼要偷我店裡的翡翠手鐲？那價值一百萬臺幣，妳這可惡的竊賊。」

「因為、因為，我想拿去換錢……給媽媽。」林依婷嗚咽的說：「希望媽媽不要了賺錢去那麼遠的地方工作，如果有錢，她就可以在家陪我了。」

「妳不知道偷竊是犯法的嗎？要抓去判刑、坐牢嗎？」

「嗚……我不敢了……現在就還給你。」婷婷哭著跑進屋內，到房間翻箱倒櫃，然後慌張的叫著：「咦？不見了？奇怪！我明明藏在衣櫥裡面，怎麼不見了？」

「不用找了，手鐲已經送回我的店裡了。」我說。

「啊！是誰？」林依婷問方老闆，我和方老闆都沒回答。

「汪！」嚕嚕叫一聲，熱切的期待著。

林依婷想了一會兒，然後望向咪咪，開心的說：「噢！我知道了。」她熱情的抱起咪咪，不停的親了又親。「謝謝你，謝謝你，咪咪，我總算沒有白疼你了。」

「嗚……」嚕嚕快哭了。

「你錯了。」我不高興的糾正她。「是妳家的老狗送回來的。昨天傍晚，牠聽到我在追查翡翠手鐲，擔心妳的罪行會被揭發，因此今天早上咬了手鐲，趁老闆不注意時，放到店裡去歸還。」

「原來是嚕嚕。」林依婷蹲下去抱嚕嚕，嚕嚕馬上露出幸福的笑容。

「嚕嚕對妳最忠心，牠知道妳交了壞朋友，學會偷東西，還一直袒護妳。」我繼續說：「沒想到妳卻執迷不悟，誤會牠喜歡惡作劇，搞亂屋子，嫉妒咪咪。事實上，不斷弄亂房間的是咪咪，牠每天都帶一群野貓進來房間玩，而嚕嚕總是當代罪羔羊。」

「你怎麼知道？」林依婷問。

我從方老闆的上衣口袋中爬出來，站到他的肩膀上，繼續說：「因為我詳細的調查了妳的底細。」

「啊！你？老鼠居然會說話？」林依婷驚訝的望著我。「我怎麼都沒發現你在調查我？」

「那是當然，因為我是無所不在，來無影去無蹤的偵探鼠王啊！」我驕傲的說。

這時方老闆終於開口了：「我已經叫警察過來了。」

「啊！不要。」林依婷難過的跪坐在地上。嚕嚕也過來磨蹭，安慰她。

「我願意原諒妳，我也會跟警察說，是妳自己良心發現，自己歸還的。但是我要帶妳去警察局，上一堂法律課，給妳一個教訓。」方老闆又說。

「對不起。」林依婷又說：「謝謝你。」

作者的話

貓狗大戰，真真假假，你能看出誰對錯嗎？可別被外表迷惑了。交朋友要小心，尤其一群人在一起容易生出惡膽，那更要謹慎。

鄭宗弦

文學獎的得獎高手，曾經榮獲九歌現代兒童文學獎首獎、陳國政兒童文學獎首獎、好書大家讀年度最佳少兒讀物獎、教育部文藝創作獎優選、金鼎獎推薦獎、小太陽獎等數十個文學獎項。

著作有：《媽祖回娘家》、《雨男孩雪女孩》、「鄭宗弦的生命教育」、「香腸班長妙老師」、「豬頭小偵探」、「快樂點心人」、「來自星星的小偵探」、「穿越故宮大冒險」、「少年廚俠」、「少年總鋪師」等系列，共數十本書籍。

蝠爾摩斯的飢餓

寵物先生

二〇〇九年三月，宜蘭外海的龜山島。

時序進入傍晚，登島的遊客大多已搭船離去，然而對研究團隊來說，要做的事現在才開始。

一行人走到環湖步道，開始架設「捕捉」裝置。只見兩名研究助理將腳架套入伸縮桿，將霧網的兩端各繫在一根桿上後，便將腳架立在地上，撐開霧網，形成一座六公尺高的陷阱。

在這過程中，有一人難掩興奮的情緒，不停看著天空來回踱步，彷彿那些東西馬上就會現身似的。

一名青年湊了過來，是跟隨團隊採訪的記者。

「他總是這樣嗎？」

「其實，那個人是我丈夫。」我羞赧的說道。

「啊！不好意思……」對方像是察覺自己的失禮。

「沒關係。他這樣很奇怪吧？自從我們夫妻入選林務局的專案團隊開始，他就一直是這副德性。照理說我們這些做研究的人，即使是什麼稀有品種，熱度過個幾天就退了，但他這次就特別興奮。」

「噢，妳們也是第一次來？」

他看了看手邊的採訪資料，標示「邱家彥」的一列，在「首次登島」的欄位上打了個勾。

「是的。不過，那樣的反應還是太過頭了吧……」

受到我目光的影響，記者也望向丈夫。只見他依然踱著步，有時仰望天空，有時低頭喃喃自語。

記者搖頭苦笑。

「他真的很愛動物呢！」

「不是的。」

「咦？」

似乎是被我脫口而出的話語吸引，記者愣了半晌。

我沒回答，逕自望著眼前的丈夫，視線沒有移開。丈夫的身影漸漸與某人融為一體，四周的時光開始流動。

良久，我才緩緩開口。

「距離捉到那些小傢伙還要一段時間。記者先生，要不要聽我說個故事？」

一九九一年

「叮鈴鈴鈴鈴……」

阿彥按了牆上的電鈴。沒多久，大門開啟，出現一張金髮碧眼、端正秀麗的女孩臉孔。

女孩一見到阿彥，轉身朝屋內大喊：「爸爸！怪咖彥，找你。」

對阿彥來說，與葉叔叔來往的這幾個月，是人生中最快樂的時光。

沒有人知道葉叔叔是從哪裡來的，只知道他是動物保育學者，為了觀察動物生態才到村裡定居。一開始，村民們對於一個獨自撫養女兒的大男人感到好奇，私底下也會議論紛紛，不過他不久便與大家相處融洽，上自村長開始，每個人只要自家寵物生了病，都會上門諮詢，彷彿他的職業是獸醫似的。不久，就連孩子們也忙著找他，因為學校的暑假作業都會有「動物觀察」的項目。

不過阿彥不同，阿彥覺得自己和葉叔叔是「真正的朋友」。

阿彥從小就是山林間的孩子，平日放學娛樂就是與同學們一起登上後山，捉獨角仙、灌蟋蟀，拿捕蟲網追逐樹林間的蜻蜓。然而自從升上中年級，一起玩的人愈來愈少，大家課堂間的閒聊，也漸漸從放學後的活動，變成昨天的電視節目內容。放假期間的城市見聞，更成為熱門話題。

「你知道嗎？前天我們去表哥家，竟然有超級任天堂耶！還有最新的遊戲。」

「咦，真的假的？好想玩！」

阿彥在電視上見過大都市的樣貌，但對那些鋼筋水泥建築，還有「任什麼堂」的東西完全不感興趣，對他而言最興奮的事，莫過於在熟悉的環境發現一隻完全陌生的生物，那種如獲至寶的感覺可是難以言喻。但同學們都無法理解這種想法，漸漸的，大家在私底下叫他「怪咖彥」。

阿彥不以為意，每到放學，他仍獨自登上後山，繼續他的大自然歷險。

空無一人的閑靜山間，某天突然闖入一名來客。

當時已接近暑假，天色尚未轉暗，阿彥像往常一樣走在後山的泥土地上，查看四周是否有任何動靜，這時眼角一隅瞄見一條長長的、盤旋在樹枝上，狀似繩索的綠色生物。

他沒花多久便認清那是一條蛇，青竹絲——連低年級生都知道這種有名的毒蛇。阿彥立刻心生警戒，他一動也不動，觀察蛇的動向，思索要怎麼對付。

這時，一隻粗壯的臂膀橫越眼前。

「這條沒有毒喔，不用擔心。」

只見後方一名高大的男人，一把握住眼前的樹枝，那條蛇就這麼順著爬上他的手臂。他撫摸纏繞手臂的蛇，面對阿彥微笑，露出滿口的白牙。

「牠是青蛇，不是青竹絲。小朋友，你在這裡做什麼？」

這是阿彥與葉叔叔第一次見面，那時葉叔叔剛搬來村裡沒幾天。

暑假期間，阿彥一直往葉叔叔家跑。他家裡有許多動物圖鑑，有時他會就圖鑑的資料，詳細解說動物的習性，阿彥聽得津津有味，葉叔叔有時也會帶阿彥走訪山林，甚至溯溪釣魚，進行生態觀察，短短兩個月，阿彥認識的動物比以前更多了。

吸引阿彥的，當然不只有葉叔叔的學識。

見到葉叔叔的女兒時，阿彥驚訝得說不出話來。一頭金髮與藍色的眼珠，怎麼看都和電視裡的外國人同一個樣，很難想像身邊竟有這樣的人。

「我的女兒。她叫柔婷，媽媽是波蘭人。」葉叔叔向阿彥介紹。

「妳……妳好。」

面對阿彥靦腆的招呼，她只是輕輕點頭，沒有回話。

走訪野外期間，柔婷雖然會陪爸爸一起去，但與阿彥不同，她對突然現身的動物不感興趣，僅是站在大樹旁邊，手摸著樹皮東看西看。就連在家裡，她也經常將從外面帶回的樹葉放在桌上，盯著它們瞧上一下午。有一次阿彥終於忍不住問她。

「欸，為什麼妳那麼喜歡看葉子？妳姓葉，以後就叫妳『葉子』好了。」

「我叫，柔婷，不叫，葉子。」

「不管，以後就叫妳葉子。看植物那麼有趣嗎？又不會動。」

「植物，比較，有趣，它們，沒有，脾氣。」

或許是中文不夠好，她講話都斷斷續續的，有時甚至安安靜靜的不說話。雖然一個喜歡動物，一個喜歡植物，個性也不一樣，但阿彥莫名覺得「葉子」有一股親近感，和自己是同類。

開學後，「葉子」進了阿彥就讀的小學，升上五年級的阿彥這才知道她小自己一歲。因為是混血兒，她馬上成為全校的風雲人物，然而因為她沉默寡言，臉上經常不帶表情，身邊幾乎沒什麼朋友，只有阿彥因為開學前就認識她，在學校見到會聊上幾句，日子久了，柔婷也會主動打招呼。

「哈囉，怪咖彥。」

「妳有資格說我怪嗎？」每當柔婷這麼說，阿彥就會露出苦笑。

這天是星期天，阿彥一如往常到葉叔叔家。傍晚時媽媽打電話來。

「阿彥，要不要過去接你？」

「不用啦，我自己回去。」

真受不了，我又不是小孩——掛上電話後，阿彥這麼咕噥著。自從常跑葉叔叔家後，媽媽經常下班時來接他回家，每次出現都堆著笑容，不停說「不好意思，一直打擾你」，有時還會帶禮盒過來。這些大人間的招呼，看在阿彥眼裡只覺得無聊。

夕陽染紅門前的石子路，葉叔叔和葉子站在門口，朝阿彥揮手。

「明天見，怪咖彥。」

和兩人道別後，阿彥轉身踏上回家的路。

杭桐村位於兩座山之間，阿彥就讀的學校位於後山，自己和葉叔叔的家都靠近前山位置，走路約十五分鐘，若是走捷徑穿過樹林，十分鐘就可以到家。

阿彥選擇樹林的路，黃昏的陰暗對他而言沒什麼好怕的，他跨過地面突出的樹根，小心翼翼前進。

就在這時，一樣東西吸引了他的注意。

那東西一直拍打著，反射樹葉間撒下的微光，在阿彥的視野中不停閃爍。阿彥蹲下四處張望。

草叢間隱沒著某隻小動物，不停拍打的東西是牠的翅膀，起初以為是小鳥，定睛一看，動物身上長的並不是羽毛，而是黑色的絨毛，頭頂兩側有小小的耳朵。所謂的翅膀，其實是前肢延伸出的薄膜，隱約看得見帶有鉤爪的五根指頭。

是一隻蝙蝠。阿彥反射性的伸向口袋，取出隨身攜帶的手套戴上。暑假時他和葉叔叔去後山抓過蝙蝠，葉叔叔提醒過蝙蝠可能會咬人。

他兩手將蝙蝠捧起，這才發現牠的體型有點大，比之前見過的蝙蝠還大上一圈。牠躺在阿彥的雙手上，四肢微微顫動，不知是受傷還是生病了。

阿彥決定帶牠回家，家中有個硬紙盒做的蝙蝠小屋，是葉叔叔之前和他合力完成的，蝙蝠可以暫時在那裡養病。他站起身，就著微光緩緩前進，深怕驚動懷中的蝙蝠。

或許因為到了晚餐時間，路上沒什麼人影，阿彥很快便到家。

「阿彥，回來啦？等等開飯！」

廚房傳來媽媽的聲音。阿彥應了聲「喔」便直接朝二樓自己的房間走去，以前帶小動物回家，媽媽都會皺眉叨念他一番，他決定不讓媽媽知道。

阿彥打開衣櫥，紙盒小屋好好的收在角落裡，他掀開衛生紙做的隔簾，小心的放下蝙蝠。

關上衣櫥前，阿彥仔細觀察，這才發現一些奇怪的地方。

牠和以前見過的蝙蝠完全不像。除了體型大，耳朵相對小之外，大而圓潤的眼珠，以及突出的鼻子和下顎也有些詭異，如果不看翅膀，反而有點像小黑狗。脖子周圍的毛是金黃色帶點白色，與其他部位的黑毛形成強烈對比，像是套了圍巾一樣。

他還在思考要給蝙蝠取什麼名字時，樓下傳來媽媽的呼喊。

「阿彥，下來吃飯！」

吃完晚飯，阿彥立刻衝上樓，打開抽屜，取出從釣魚店買來備用的一盒「麵包蟲」。他親眼見過葉叔叔餵食，葉叔叔說，臺灣常見的蝙蝠都是肉食性動物，成年的蝙蝠吃麵包蟲就行。

阿彥晃了晃鑷子，試圖引起蝙蝠注意，牠依然沒有反應。

「奇怪欸，你不餓嗎？」

看這隻蝙蝠的體型，想必是成年了，卻對麵包蟲無動於衷。阿彥放下鑷子，夾起另一隻蟲，只見蝙蝠蹭了蹭鼻子，依然不打算進食。

試了多次後，阿彥終於放棄，心想：蝙蝠應該是剛吃飽吧！

他起身離開房間，到洗手間裝了杯溫水，回房取出滴管，吸取一些水伸入蝙蝠嘴中。只見牠呼嚕嚕的喝下肚，阿彥又吸了些水，這次蝙蝠依然喝光光。

蝙蝠雖然不餓，卻極度口渴嗎？當阿彥這麼想時，樓下傳來媽媽高亢的聲音。

「你可不可以不要一直來？我們母子已經和你沒關係了。」

「怎麼沒關係？好歹讓我見孩子一面！」

「你上個月不是見過了？快回去，而且聲音不要那麼大，讓鄰居聽見很丟臉。」

阿彥將房門打開一條縫，朝樓梯下方探頭，爸爸那四方形的臉孔映入眼簾。他似乎沒察覺到阿彥在偷看，仍然和門口的媽媽推擠、爭執。

阿彥嘆了口氣，關上門。

爸媽離婚已經是八年前的事了，當時阿彥年紀小，沒什麼跟爸爸相處的記憶。長大後聽媽媽說，爸爸年輕時愛喝酒，也因為喝酒鬧事被抓去關，好像是犯了什麼「傷害罪」。出獄後爸爸還是沒改掉喝酒惡習，甚至因此失去工作，媽媽非常痛心，兩人大吵一架就離婚了。之後媽媽帶著阿彥，搬來這棟外公留下來的房子，自懂事以來，阿彥都是在沒有爸爸的環境下長大。

然而這幾年來，爸爸不時會來到杭桐村，出現在母子眼前。起初媽媽還會心軟，請他來屋裡吃頓飯，後來明白他想復合，找個安身的地方，就請他吃閉門羹了，甚至會阻止阿彥出來見他。

「麗美，妳聽我說，我戒酒了，也找到一份穩定的工作！就在這村子附近……」

「那就好好過生活吧，不要打擾我們，快點回去。」

有時阿彥想，如果爸爸真的有變好，那為什麼媽媽不跟他在一起，回到三人生活的日子？要不是不相信他，就是有什麼「大人的原因」吧。

樓下的聲音平息許久，阿彥看了看時鐘，收垃圾的時間快到了。他立刻奔下樓，前往廚房將垃圾袋綁好，提起來往後門走去，正要開門時，碰上剛從客廳回來的媽媽。

「唉呀，要幫忙倒垃圾啊，好乖。」

媽媽親了一下阿彥，便走向浴室打算洗衣服。阿彥打開後門，頭也不回的衝出去，後門到垃圾車停靠的地方有條小路，但阿彥沒走上那條路，而是繞過庭院，走到前門的位置。

一張四方形的臉從街角露出來，是爸爸。

上次爸爸和阿彥約好，如果媽媽阻擋爸爸進門，就用「倒垃圾」的理由出來碰面。

「阿彥，學校的功課還好嗎？」

「還可以。爸，你真的找到工作了？」

「是真的。」爸爸點頭，表情非常認真。「雖然薪水沒以前多。」

「那……加油。」他也不知道要說什麼。

「謝謝。啊，你零用錢夠嗎？要不要爸爸給你一些？」

「爸，你還是多存點錢吧，我沒有想買什麼。」

遠方響起垃圾車的音樂聲，阿彥提起手中的袋子示意，爸爸點了點頭，阿彥便回頭朝後門的小路走去。

阿彥並不討厭爸爸。

或許該說，正因為爸爸對他而言像個陌生人，才沒有討厭的理由。

大門打開，葉叔叔露出白牙的笑臉探了出來。

「是阿彥啊，柔婷剛起床，你進來等一下。」

阿彥點頭，跟在葉叔叔身後。庭院裡羊腸小徑四周的翠綠，在晨光的照射下更為耀眼，兩人穿過脫鞋處，直接進入客廳。

從家裡出發，經過村辦公室所在的廣場，繼續往前走可以抵達位於後山的學校。由於是順路經過，阿彥上學途中都會按葉叔叔家的門鈴，若葉子還沒出門，就與她一同上學。

一早客廳裡已有兩位客人，是村長與一位穿西裝的男人。村長就住在葉叔叔家隔壁，經常來這裡泡茶，阿彥已經見過很多次，西裝男人則是第一次見到。

「早安啊，阿彥，這位是沈伯伯，最近剛搬來。」村長向阿彥介紹。

「村長早，沈伯伯早。」

阿彥向兩位客人打招呼。沈伯伯放下懷中的小公事包，朝他微微一笑，三個大人開始聊起來，內容不外乎是沈伯伯的工作，最近鎮上發生的事等等。阿彥從談話中得知沈伯伯是商人，好像是做出口貿易之類。不久他就對大人的談話失去興趣，於是直接看向葉叔叔，表示自己要去裡頭等正在收拾書包的葉子。葉叔叔點頭，阿彥立刻起身走向客廳深處。

臥房內傳來窸窸窣窣的聲音，看來還要一陣子。阿彥索性站在門外等。由於和客廳只隔著一層屏風，外頭大人說話的聲音仍不時傳入耳裡。

「我說葉老弟啊，夫人過世也很久了，有沒有考慮再給柔婷找個媽媽啊？我昨天也同老柯提過，麗美說不定是個好對象⋯⋯」

「村長你就別亂點鴛鴦譜了，會給孩子們聽見的。」

「有什麼關係，對他們也是好事呢！呵呵呵。」

沒想到還是得聽這種話——阿彥當然知道他們在說什麼，自己雖然感覺不出來，但媽媽在大人眼中似乎還算漂亮，而葉叔叔也長得一表人才，因為阿彥的緣故，經常寒暄的兩人就被湊在一起了。

阿彥也不知道為什麼對這個話題反感，他很喜歡葉叔叔，若能跟葉叔叔住在一起，一定是件很棒的事。

或許是因為爸爸？爸爸每次被媽媽擋在門外，哭喪著臉的表情，經常會進入阿彥的腦海。

就在阿彥打算摀住耳朵時，開門的聲音響起。

「早安，怪咖彥。」

穿著制服、背著書包的葉子出現在房門口。阿彥頓時感到解脫，他轉身走向客廳，示意身後的葉子「快點出發」。葉子一一向客廳的三人道早安時，阿彥還在心中不斷催促著。

通往學校的路要走三十分鐘，阿彥思考要說些什麼話題，於是想到昨晚的蝙蝠。他將發現蝙蝠，以及帶回家餵食的經過說給葉子聽。

「媽媽，好像，不喜歡，蝙蝠。」

「不喜歡蝙蝠？為什麼？」

「不知道。我，沒有，不喜歡，只是，沒興趣。」

阿彥不禁想，葉子的媽媽是什麼樣的人呢？從沒接觸過外國人的阿彥，腦中浮現的盡是電視中的歐美女星臉孔。

「葉子，妳想要新媽媽嗎？」

為什麼問這種問題——話一出口，阿彥便後悔了，只見葉子雙眼圓睜，盯著阿彥數秒，彷彿這問題令她震驚似的。過了許久，才緩緩搖頭。

「媽媽，只有，一個，沒有，新舊。」

阿彥嘆了口氣，心想她是否真的明白自己的意思。

中午休息時間，阿彥正用湯匙撥弄便當盒裡的飯時，一張戴眼鏡的臉湊了過來。

「怪咖彥，妳媽要跟葉先生結婚喔？」

說話的人名叫柯天奇，大家都喊他「田雞」。田雞書看得很多，是班上少數和阿彥有話聊的人，個性還算好相處，只是有點白目，經常說些討人厭的話。

「胡說八道，才沒有。」

「我爸早上告訴我的，他說是村長講的。」

田雞的爸爸是警察，村裡經常可以看到他的身影，阿彥想起早上在葉叔叔家，村長閒聊時曾提到「老柯」，應該就是指他。

「大人講那種話，只是開玩笑啦！」

「可是，妳媽經常去找葉先生，他們應該很要好。」

那是因為自己老是往葉叔叔家跑，媽媽為了答謝，禮尚往來而已——即使這麼解釋，想必對方也聽不進去。姑且不論當事人怎麼想，散播傳言的人，往往都只是膨脹自身的想像與期望罷了，這種特質在大人身上屢見不鮮，連眼前的這位也是。

阿彥感到頭痛，他不想繼續討論，於是豎耳傾聽四周是否有其他話題可以加入。教室後方圍著一群女生——小虎隊又出新專輯了、最近的郵購目錄有什麼好東西可以買，阿彥對這些也不感興趣，只好提起昨晚帶蝙蝠回家的事。

田雞的雙眼睜得老大，就像真的田雞一樣。

「你敢養蝙蝠喔，那是邪惡的化身欸！」

「是嗎？我聽說蝙蝠會帶來好運。」

這是葉叔叔告訴阿彥的。他說「蝠」與「福」同音，自古很多飾品都用蝙蝠作造型，被視為吉祥的象徵。

「NO、NO、NO，那是東方的思維。」田雞搖晃食指說：「歐美先進國家都認為，蝙蝠會帶來黑暗與混亂，以前有個叫德古拉的吸血鬼，他變身的形體就是蝙蝠。」

所以葉子的媽媽才會討厭蝙蝠嗎？不知為何，阿彥覺得田雞口中的「先進」兩字有點刺耳。

「蝙蝠才是正義的一方！」旁邊有個胖胖的同學插入話題。「禮拜天的中視下午都有播！」

起初阿彥不知道他在說什麼，接著才想起自己在電視上看過的影集「蝙蝠俠」，主角穿著紫色衛生衣，把面罩套在頭上的造型，阿彥只覺得很滑稽，絲毫沒有「正義」的感受。

就在覺得話題又轉往奇怪的方向時，耳邊聽到「叩叩叩」的聲音。

「怪咖彥，公主殿下找你。」

一轉身，葉子站在窗邊，手指敲著玻璃。那是有事要找阿彥的訊號。

阿彥走向教室門口，瞬間覺得有十多雙眼睛同時盯著自己，畢竟葉子可是全校男生的偶像，能跟沉默寡言的她交談，可是莫大的榮幸。

「什麼事？」

葉子手裡拿著植物圖鑑，攤開某一頁給阿彥看。

「後山，有這個。我想，請你，幫我，摘。」

阿彥看向圖鑑，那是一段介紹某種植物的文字，標題寫著「稜果榕」。葉子指向一旁的圖片，圖中有許多淺綠色、長滿斑點和稜角的放射狀果實。

「摘這個？要做什麼？」

「研究。後山的，品種，比較大，而且，都熟了。我的，身高，不夠。」

葉子舉起手，在自己頭頂上比劃，和同齡的孩子們相較，她的確是個小不點兒。

阿彥對植物雖然沒興趣，偶爾還是會幫葉子的忙，除了自己比較高大，也因為自小經常捕捉昆蟲，練就一身靈活的爬樹技巧，再高的果實都難不倒他。

「好啊，改天一起去摘。」

「謝謝，你，怪咖彥。」

不知為何，阿彥總覺得葉子在說「怪咖彥」時，發音特別清楚。

豆大的雨珠像子彈一般，不停的落在阿彥的頭、臉與身體，像是在阻擋他回家。

或許是雨勢過大，四周見不到幾個人。阿彥將身體縮進外套裡，筆直衝向有屋簷的地方，然而就連屋簷下也無法倖免，雨水沿著簷廊落下，形成一道小瀑布，筆直灌向阿彥的後頸。

「好冷！」

他很後悔，早知道就不要去後山了。

雖然對葉子說「改天一起去」，但那其實是在逞強。說也奇怪，一個人爬樹時，阿彥身體輕盈的像隻猴子，但若有人在旁邊看——特別是女生，他就會擔心自己表現不夠好，反而會摔下來。

根據圖鑑說明，稜果榕是山間很常見的植物，應該不難認。他決定一個人去採果實就好。

放學後，阿彥立刻前往後山，經過一番探詢，沒多久便在路旁找到一大排的稜果榕樹。枝枒上頭結成的果實有大有小，大的果實直徑約三至四公分，明顯比圖鑑上的還大，看來葉子說得沒錯。

以枝枒的高度，有的阿彥伸手就可以搆著，更高的可以跳起來用樹枝打下，不需要爬樹。

正打算摘果實時，天空突然下起雨來。

起初是細小的雨粒，沒多久變為滂沱大雨，阿彥邊用書包擋雨，邊從後山一路奔回廣場。接下來的路是較少屋簷的空曠小路，阿彥耐住雨勢的侵襲，咬著牙一路衝回家。

外套、T恤、褲子和書包都溼透了，身體簌簌發抖。他將全身衣物換下來，洗個熱水澡，躲進被窩裡休息。

小憩片刻後醒來，阿彥覺得頭有點痛，看了看書桌上的時鐘，差不多是晚餐時間。正疑惑媽媽為何沒叫他時，便聽見樓下熟悉的對話聲。

「你怎麼又來了？要幾次才甘心？」

「只是想問妳。是不是要再婚了？」

看來大人的玩笑話，過了一天已成為村民間繪聲繪影的流言，傳入爸爸耳裡。

「你在胡說什麼，我哪有對象……」

「不就是那個動物保育學者嗎？」

「什麼？」

一陣短暫的靜默，緊接著是媽媽的怒吼，音量非常大。阿彥擔心會被聽見，急忙打開窗戶，眼看附近的鄰居似乎沒有探出頭來，才鬆了口氣。

叫罵聲一直持續著，阿彥感覺頭痛更嚴重了。他索性開始整理書包，轉移注意力。

溼透的書包仍滴著水——還好課本都留在學校，阿彥取出裡頭的鉛筆盒和筆記本，放在桌上晾乾。書包用吹風機吹乾後應該還能用，只是上面有些泥水，看起來有點髒。

樓下傳來爸爸微弱的說話聲。阿彥突然想起，自己還有一個包包。

他立刻起身，打開書桌的最下層抽屜，出現一個小型的皮製公事包。開口有黃銅拉鍊，緞面內裡是深藍色，側面看是上窄下寬的三角形，容量和一般的書包差不多。公事包原本是爸爸用的，某次偷偷與阿彥見面時，塞給他當生日禮物，若仔細看，上頭還有一些磨損的痕跡。

一道念頭閃過阿彥腦海：總覺得，最近在哪裡見過同款式的包包。

左思右想，還是想不起來。會是錯覺嗎？

樓下回歸平靜，想必爭吵已經結束，爸爸又碰了一鼻子灰回去。

終於可以開飯了——阿彥這才想到自己忘了餵食蝙蝠，於是打開衣櫥，準備麵包蟲和水，將鑷子與滴管伸到小屋裡的蝙蝠面前。

結果和昨天一樣，蝙蝠對麵包蟲依然不感興趣，水倒是喝得津津有味。

阿彥疑惑了：難道這是隻特殊的蝙蝠？或者根本不是蝙蝠？他決定明天去請教葉叔叔。

對了，還沒給牠取名字。要叫他「阿蝠」嗎？還是「招蝠」？好像都太俗氣……

「阿彥，吃飯！」媽媽在廚房大喊。

隔天起床時，阿彥感到身體很不舒服。

頭痛仍然揮之不去，喉嚨也開始痛，偶爾還會咳嗽。

媽媽打電話向學校請假，並請村裡的醫生過來，醫生量了量體溫，說是一般感冒，幸好沒有發燒，開了幾包藥便離開。一定是昨天淋雨讓自己著涼了，但阿彥不敢跟媽媽說。

阿彥吃過藥後，身體感覺好些，於是躺在床上休息。媽媽看他好多了，準備出門上班。因為藥效的緣故，阿彥感到昏昏沉沉，沒多久便再度入睡。

醒來已是正午十二點。他下樓，吃了廚房的剩菜，正在收拾餐桌時，客廳的電話鈴響了。

「阿彥，身體還不舒服嗎？」

「嗯，沒問題了。」

「那，要不要幫媽媽跑一趟郵局？我有一封掛號信急著寄，出門卻忘了帶，郵資你先墊一下，回來再給你。」

媽媽上班的地點在鄉公所，離家裡很遠。暑假在家時，阿彥也經常幫迷糊的媽媽跑腿。問清楚信封放在哪裡後，阿彥便掛了電話。

他開始盤算接下來的行程：帶蝙蝠去找葉叔叔、去郵局寄信……

去郵局要經過廣場，再走一段路就可以到後山，不如趁這個機會幫葉子採果實。

剛才吃午飯時，阿彥看了電視新聞，氣象預報說今天不會下雨，應該不會再發生昨天的慘劇。

腦中決定好行程順序後，阿彥立刻上樓進房間，從衣櫥小心翼翼取出紙盒小屋。他知道蝙蝠是夜行性動物，在前往葉叔叔家的路途中，他努力維持小屋平穩，深怕打擾牠的安眠。

葉子在學校上課，家裡只有葉叔叔在。葉叔叔接過小屋，搬到客廳矮桌上，掀開隔簾。

沒想到他的反應，比阿彥預期的還大。

「這個……真是太了不起了！阿彥，你發現不得了的東西啊！」

看葉叔叔講話的神情，彷彿雙眼發出光芒般，阿彥知道這隻蝙蝠一定大有來頭。

「有什麼特別嗎？」

「豈止特別，簡直是……」對方似乎仍沉浸在喜悅中，連話都說不好。

此刻，走廊深處的鈴聲響起，葉叔叔才赫然回神，走進書房接電話。

「喂，是我。對，這個……現在不行，傍晚的話有空……」

房門關上，接下來的聲音阿彥聽不清楚。他心想應該是什麼重要的電話，於是靜靜在客廳等候。

過了一段時間，葉叔叔從走廊現身。

「阿彥，不好意思。我下午還有事，你的蝙蝠就暫時放在這裡，請放心，我會將牠餵得飽飽的，等牠恢復健康，我們一起放牠回歸野外。」

說著，便將小屋移到書房裡。

雖然針對蝙蝠，阿彥有好多問題想問，但他明白葉叔叔有工作在身，只好改天再說，於是跟葉叔叔道別，踏上回家路途，準備前往後山。

沒想到，這成了他見到葉叔叔的最後一面。

阿彥提起公事包，頓時覺得自己成熟許多，彷彿變成了大人。

後山的採收相當順利，不僅沒有大雨來搗亂，發熟的果子比起昨天也多了不少，個個碩大飽滿。由於不知道葉子需要多少，阿彥挑選了其中二十個，塞入包包裡。

儘管用「公事包」來裝植物的果實，這樣有點奇怪，但阿彥才不在乎，他只是想找個機會用用爸爸送的包包。

二十顆果子塞在包包內剛剛好，不論如何甩動包包，都聽不見果子滾動的聲響，阿彥覺得很舒暢。

回程途中經過郵局，阿彥從外套口袋取出信封，準備完成媽媽交辦的任務。

村裡的郵局只有三個窗口，他看中間排隊的人較少，便站在那一排的末端。前方是體格高大的男人，身上穿著西裝，背影散發出鈍重、如同大象般的氣息。

過了許久，人龍好不容易消耗得差不多，輪到前方的西裝男人。

「先生，您沒寫寄件人資料喔！」

「噢！是我忘了。」

前方的男人將手中包包放在地上，從口袋取出筆，準備當場填寫。

「後面那位小弟弟先來吧！」

櫃檯人員招呼阿彥上前，或許是意識到自己擋住路，西裝男人稍微往右側移動，繼續書寫資料。阿彥將媽媽的信封遞向櫃檯，說了聲「掛號」。

「好的，二十五元。」

阿彥也將公事包放下，準備從口袋掏錢。這時，他的視線不經意的朝右邊張望，西裝男人也剛好抬起頭，兩人視線對上。

「啊。」

是昨天早上在葉叔叔家見過面的男人。阿彥記得他姓沈，職業是貿易商。

「沈伯伯好。」

「你好啊，怎麼沒去上學？」

「今天請假。」阿彥堆出笑容。

沈伯伯皺起眉頭，視線沒有從阿彥身上移開，那模樣就像在問：「為什麼請假？」且一定要等到回答似的。阿彥對這種嚴肅的大人最沒辦法，他盡力維持臉上的笑容，將二十五元的銅板遞給櫃檯。

等櫃檯人員接過手，阿彥立刻提起公事包，一邊朝對方行禮，一邊倒退著走向郵局門口。

「沈伯伯，再見。」

一走出郵局，阿彥立刻頭也不回的往家的方向跑，深怕沈伯伯會追過來。在葉叔叔家時，阿彥就覺得對方不好相處，現在更是如此。

手中的公事包隨著步伐前後擺動。

正在房間翻閱動物圖鑑時，傳來電鈴的聲音。

「等一下喔。」

現在還不到媽媽的回家時間，不過她出門前，說過自己可能提早下班，或許是對生病的阿彥放不下心。阿彥快步下樓，穿過庭院來到大門。

門一打開，出現媽媽的身影，以及一個令人意外的人。

「晚安，怪咖彥。」

「你怎麼來了？」

現在是放學時間，會見到葉子不令人意外，阿彥感到意外的是——葉子從來沒有來過阿彥家，就連經過門口也沒有。

「唉呀，人家是擔心你耶！我提早下班回來，在廣場遇見這孩子，她一看到我，第一句就是問你好不好。我想說你受葉博士那麼多照顧，多少也關照一下，就打了公共電話給葉博士，請他們父女倆來家裡吃飯，不過他在忙，就讓柔婷一個人過來了。」

阿彥想起白天見到葉叔叔的情況，他好像真的很忙。

「進來吧。」

阿彥打開門，媽媽領著葉子來到客廳，隨後說自己先去準備，就哼著口哨進廚房了，留下客廳的兩人。葉子環顧四周，像是在打量。

「比妳家小一點吧。」

葉子搖了搖頭。

「感冒，好了，嗎？」

「這點小病，沒什麼。」阿彥拍了拍胸脯。「我還去了妳家。聽我說，妳爸看到我之前撿到的蝙蝠，整張臉都變了……」

他描述葉叔叔豐富的表情變化，葉子睜著雙眼聽，看不出她是否感興趣。

「對了，有東西要給妳。」

阿彥想起下午在後山的「收穫」，快步走上樓，進房間取出公事包。回到一樓時，臉上浮現賣關子的表情，手抵著上頭的黃銅扣，緩緩拉開拉鍊。

「準備好囉！一、二、三，登登登登——」

然而，見到包包的內容物時，兩人臉上都浮現困惑的神情。阿彥的表情更是僵硬。

包包裡裝的，不是二十顆稜果榕的果實，而是一疊印有外國文字的文件，以及數張照片。

「這、這是什麼……」

阿彥取出照片，拍攝的對象盡是些野生動物，他看見熟悉的臺灣獼猴，還有白鼻心、黃山雀等。雖不知道這些東西做什麼用的，能肯定的是，這絕對不是自己的東西。

他的腦中浮現一個可能性。

這個公事包其實是沈伯伯的，自己一定是在郵局拿錯了。

難怪隱約覺得最近見過同款式的包包，想必昨天早上在葉叔叔家時，沈伯伯就已經帶著它了。仔細一看，這個包包與爸爸送的還是有差異，緞面內裡是深綠色的，外觀也比較新，沒什麼刮痕。

二十顆果實可以再去摘，但是別人的東西一定要還給人家。

阿彥不知道沈伯伯住在哪裡。

他感到自己冷汗直流。

晚飯後，阿彥經由媽媽陪同，到沈伯伯家去換回包包。

向媽媽解釋費了一番工夫，她知道小孩都喜歡玩一些小動物和花草，卻不知道植物的果實有什麼好玩的。至於為什麼有那個公事包，也得實話實說，原本擔心自己和爸爸私下見面，媽媽會大發雷霆，但她僅是皺起眉頭，靜靜聽阿彥說明。

媽媽打電話給村長，問出沈伯伯的住處，意外的就在阿彥家附近，由於和葉叔叔家相同方向，葉子也一同跟了過來。

「不好意思啊！我們家阿彥冒冒失失的，請不要介意。」

媽媽在沈伯伯家門口不停鞠躬道歉。對方板著臉，提起著另一個公事包。

「沒關係。這是你們的吧？」

「真的，真的很抱歉！」

將公事包歸還，阿彥伸手接過自己的包包，晃了幾下，裡頭發出「喀啦喀啦」的響聲。阿彥打開拉鍊檢查，葉子也湊了過來，一顆顆淺綠色的稜角果實映入眼簾。

「沒事的話，就不奉陪了。」

說完，大門立刻關上，留下站在門口的三個人。

「好冷漠的人。就算沒邀請進屋，好歹也該多講點話吧？」

三人走遠後，媽媽對沈伯伯的態度抱怨了幾句。阿彥心想，原來不是只有自己不喜歡他。

天色已經暗下，看了看錶，媽媽每天都會收看的八點檔快開始了，於是阿彥提議自己送葉子回家。

「沒關係嗎？你回程走夜路不會怕嗎？」

「沒問題啦！媽媽很想知道結局是什麼吧？」

媽媽面露擔憂的表情回去了。兩人在月光照耀的小路上，邁著步伐前進。阿彥打開話題。

「欸，這個果實有什麼特別的嗎？為什麼要研究它？」

「這是，隱花果。花，看不見，特殊的，動物，傳粉。」

他對葉子的解釋有些摸不著頭腦，但也不怎麼感興趣。

包包晃動著，裡頭的果實持續發出聲響。

「你，摘，好多。我，只要，兩、三個，就好。」

「嗯？」

「不過，還是，謝謝你。」

那一瞬間，葉子的臉龐在月光照射下，映入阿彥眼中。

她在笑嗎？

不知是否錯覺，感覺她的嘴角有些上揚。

葉子的家很快就到了，兩人踏上石子路，來到庭院外的大門。屋內的客廳透出亮光，不知葉叔叔工作結束了沒有。

阿彥按下門鈴。

等了許久，門沒有打開。他再按了一次。

依然沒人開門。

「是工作太忙了嗎？」

「沒關係，我可以，自己開。」

葉子從口袋取出鑰匙，插入鎖孔轉動，大門應聲開啟。

兩人踏入庭院，前方的內門似乎沒上鎖，門縫透出一道光線。這時，阿彥本能的察覺不對勁。

葉叔叔通常在書房工作，但現在那裡的燈沒有亮，所以人應該在客廳，且工作已經結束了。然而，他沒來應門。

阿彥按住正要往前走的葉子肩膀，將包包塞給她，示意她留在門口。

他決定一個人進去。

阿彥穿過庭院，小心翼翼的推開內門，門後就是客廳，裡頭一點聲響也沒有。阿彥將門拉開至一個人的寬度大小，躡手躡腳進入。

室內一片明亮，是熟悉的葉叔叔家客廳，櫥櫃、桌椅、沙發……每樣傢俱都在原本的位置，看不見任何人影。阿彥繞過沙發，朝客廳深處走去。

終於，在走廊入口的屏風後面，他見到了「葉叔叔」。

葉叔叔倒臥在地，身上穿著下午見面時的衣服，聽不見一絲呼吸。他的後腦勺染成一片血紅，地上也有一些血跡。

阿彥一時無法理解發生什麼事，很快的，體內升起一股想嘔吐的感覺，他忍住想大叫的衝動，努力查看四周情況。

地上有個銅製的雕像，那個阿彥也有印象，是原本用來作為紙鎮、小型的獅子雕像，葉叔叔之前都放在客廳桌上當裝飾用，此時它滾落一旁，上面還沾著血。

突然間，一陣響亮的「嘰——嘰——」聲，伴隨一道黑影，從走廊深處飛竄出來，阿彥受到驚嚇，當場坐倒在地。

是那隻蝙蝠，牠飛到屍體上空，倒吊在天花板上，像是從高處俯視著阿彥。

阿彥想起同學田雞的話：蝙蝠會帶來黑暗與混亂。

不久，蝙蝠又有了動靜，牠飛到客廳，在沙發旁低空盤旋。阿彥身體不停發抖，他趨身上前，想看清楚蝙蝠在做什麼。

蝙蝠盤旋的地板上，有一些帶著渣滓，像是壓爛水果的痕跡，約有四、五處。

就在阿彥納悶那些痕跡是什麼時，外頭響起葉子的聲音。

「怪咖彥，發生，什麼事？」

「不要看！」

他強忍住顫抖的雙腿，衝向門口，試圖擋住葉子的視線。

之後的狀況十分混亂。

兩人跑到隔壁的村長家，村長聞言後大驚失色，立刻報警。一群警察趕到，在現場來來去去，一名年輕警察想詢問兩人前後經過，但葉子像是失了魂般，說不出話來，阿彥只好一個人發言。

媽媽也趕來了——結果她還是沒看完八點檔的結局。她將阿彥與葉子抱在懷裡大哭，不停安撫他們，其實阿彥已經不害怕了，他現在感覺好累，只想快點回家。

警方必須封鎖現場，媽媽提議葉子暫住在他們家，剛好二樓還有一間空房。

回家途中，三個人都沒有說話。

阿彥覺得腦中好亂，像是有千頭萬緒在盤旋。葉叔叔為什麼會死？是誰做的？他的死跟蝙蝠有關嗎？自己是不是害死了他？

到家後，媽媽幫葉子整理好房間便下樓。阿彥和葉子在房門前道晚安——其實只有阿彥說話而已。

他正要進房，此刻看見兩顆豆大的淚珠，順著葉子的臉頰滾落下來，不久成為像瀑布一樣的水流。她一邊流淚，一邊發出抽抽搭搭的聲音，阿彥趕緊進房拿衛生紙。

他以前從來沒見過葉子的任何表情，沒想到今天就見到了她的笑臉與哭臉。

隔天，葉子仍然無法開口說話。媽媽打電話到學校，老師似乎也聽說了昨晚的事件，建議今天讓孩子們在家休息。阿彥認為自己沒有問題，不顧媽媽的擔憂，決定還是去上學。

其實他內心有個盤算：田雞的爸爸是警察，說不定可以聽到一些案情發展。

不出所料，第二節下課時間一到，田雞就湊了過來。

「欸，聽說昨天葉先生的命案，是你發現的？」

「對啊。」

「我爸早上講了一件事，不知道該不該告訴你。」

田雞壓低聲音，語氣帶著遲疑。

「你本來就打算告訴我吧？」

「怕你承受不起啊。那我就說囉，警察好像有懷疑的對象，也有找去問話。」

「這麼快！他們懷疑誰？我們認識的人嗎？」

「你一定認識啊，那個人的名字是……」

田雞附在阿彥的耳朵旁，小聲說出口。阿彥聽了，差點沒大叫出聲。

嫌犯是自己的爸爸。

田雞說，警方根據屍體狀況，已大致認定被害者的死亡時間，是昨天晚上六點半到七點半。那時家家戶戶都在吃晚飯，沒什麼目擊情報。

不過就在七點左右，村長出來散步，剛好看見一名男子從葉叔叔家出來。據村長的說法，該名男人舉止很可疑，仔細一看，是村民邱麗美的前夫，之前他來村裡找過麗美幾次，因此認得他的長相。男人先是環顧四周，像是確認有沒有被看見，然後就一溜煙離開了。

「只有我爸被懷疑嗎？」

「因為沒有目擊到其他人，所以……」

「你剛才說有找他去問話吧，那爸爸怎麼說？」

「他承認自己去過葉先生家，當時大門沒鎖，一進門、發現屍體就逃走了，因為有傷害前科，怕被懷疑，所以才沒有報警。」

阿彥想起，爸爸前天晚上出現時，有提到葉叔叔的名字。那時，村民間的閒言閒語傳進他的耳裡。

他去找葉叔叔，莫非是想談判？結果吵起架來，動手殺了他？

阿彥搖搖頭，雖然相處不久，他不認為爸爸是這種人。

不知為何，自己就是想相信他。

中午，阿彥一個人坐在圖書室的書桌前，抱頭苦思。

教室的人太多了，他希望找個安靜的地方，因此來到這兒。

他想起葉叔叔的親切，想起葉子的笑容，想起爸爸被媽媽阻擋門外的無奈表情。

事情不該是這樣的，有沒有其他可能？雖然只是小學生，好好思考，說不定有自己才知道的事。

對了，蝙蝠，那隻在案發現場盤旋的蝙蝠。

帶去給葉叔叔前，牠至少有一天以上沒吃飯，晚上卻是一副活蹦亂跳的模樣，想必吃過東西了。葉叔叔餵牠吃了些什麼？

阿彥又想起，蝙蝠盤旋的地板上，有一些像是水果殘渣的痕跡。

蝙蝠吃了水果嗎？他記得葉叔叔曾經告誡他，撿到受傷的蝙蝠時，千萬不要餵食水果。不過如同葉叔叔所說，這是隻「不得了的」蝙蝠。

他回想那些痕跡，從渣滓的外觀與果肉分布，或許可以推斷出是什麼水果。

感覺有點像紅石榴，又有點像是百香果，但顏色完全不同，渣滓大小也有差異。

阿彥起身。他決定放棄猜想，求助於圖書館的書，這裡的百科全書比起家中的動物圖鑑，資料更加齊全、並且詳細許多。他在書架上找到關於「哺乳類」的一冊，拿回書桌翻閱。

他翻到「蝙蝠」的條目，上面介紹的蝙蝠，比較接近以往看過的品種。他於是又往下找。

終於，解答問題的那一頁出現了。

照片上的蝙蝠有著小巧的耳朵，突出的鼻子與下顎，加上脖子那一圈黃、白色的絨毛，怎麼看都與自己撿到的那隻是同類。

條目上寫著「臺灣狐蝠」，是瀕臨絕種的野生動物——阿彥終於知道葉叔叔為何那麼興奮了。

此種大型蝙蝠屬於臺灣特有亞種，與一般運用超音波定位的肉食蝙蝠不同，是運用視覺與靈敏的嗅覺覓食。狐蝠以植物的果實、花朵、嫩葉為主食，臺灣狐蝠主要以桑科榕屬植物的隱花果為食，例如：稜果榕、水同木等等……

百科全書上的資訊，推翻以往阿彥對蝙蝠的認知，然而，最後的那段文字讓他更為驚訝。

腦中瞬間豁然開朗。

他再度起身，在書架上的百科全書尋找「稜果榕」的資料，一看見果實切面的照片，原本的推測變成了確信。

案發現場的痕跡，就是稜果榕的果實殘渣，依照大小來看，多半是後山的品種。

葉叔叔那天可能跑去後山，摘採果實嗎？不可能，他整天在家工作，一定是別人帶去的。

會帶稜果榕到葉叔叔家的人，阿彥只想得到一個。

他又想起一點。記得昨天剛從後山回來時，果實是填滿整個公事包的，不論怎麼甩動都不會出聲，但晚上拿回包包時，果實卻在裡頭發出「喀啦喀啦」的聲響，一定是少了幾顆。

阿彥顧不得百科全書還沒放回書架，立刻奔出圖書館。

一到教室，便走向田雞的方向，揪住他的肩膀。

「快！打電話給你爸爸！」

三天後，沈伯伯被警方逮捕了。

雖然他已經將西裝拿去送洗，但上面還是檢驗出葉叔叔的血跡反應，這成了無法抵賴的證據。

沈伯伯真正的職業，是買賣保育類動物的商人。這當然是違法的，所以他想和葉叔叔合作，建立一條獵捕動物、直接銷售到國外的管道，那天晚上他找葉叔叔，就是為了商量這件事。

葉叔叔當然嚴詞拒絕，還想透過記者揭穿他的行為。沈伯伯情急之下，一手抓起桌上的銅製雕像敲打他的頭，將他活活打死。接著他用手帕擦掉雕像上的指紋，清理一下現場就離開了。因為太過匆忙，關大門的時候沒有鎖好，阿彥的爸爸才會闖進去。

至於地上的棱果榕殘渣，是兩人扭打在一塊時，撞倒沈伯伯放在桌上的公事包造成的。他找葉叔叔商量時，原本想用準備好的資料說明，一打開就發現包包被換過了，拉鍊也忘了拉上，使得包包掉在地上時，果實都滾了出來。雖然沈伯伯離開前有察覺，將果實塞回去帶走，但還是少了幾顆，至於蝙蝠是何時吃掉果實，他也不清楚。

以上都是事後透過田雞轉述，阿彥才知道的。

葉叔叔的住處，目前成了空屋。他的妹妹——也就是葉子的姑姑，似乎收到消息，決定接葉子到大城市去住，在還沒動身的這段期間，葉子仍暫時住在阿彥家。

最近，她終於可以開口說話了。

「欸，我有個問題。你那時候叫我幫妳採稜果榕，該不會早就知道那是狐蝠的食物了吧？」

「不是，純粹，是，巧合。我，只是，喜歡，隱花果。」

「喜歡隱花果？為什麼？」

「因為，隱花果，跟我，很像。」

阿彥完全不懂植物為什麼會像人，他繼續追問時，葉子並沒有回答。

至於爸爸，他洗刷嫌疑後，還是時常來騷擾媽媽。只是阿彥總覺得，媽媽雖然還是會趕爸爸走，跟他對罵的時間卻變久了，不知道是不是心理作用。

最後是那隻狐蝠，牠現在被阿彥捧在手心。

「準備好了嗎？」一旁的大姊姊問。

她是保育團體的人，葉叔叔從阿彥那兒接收狐蝠時，立刻聯絡了這個組織，因此才會派人來。

「準備好了。」

「那，可以放手囉！一、二、三——」

一開始，狐蝠只是振動了幾下翅膀，隨後像是掙脫束縛的鳥兒一般，朝著暗夜的天空飛去。

看著逐漸遠去的狐蝠，阿彥突然有種想法：牠就像是為阿彥帶來什麼東西的使者。案件發生時，阿彥以為牠是帶走葉叔叔的惡魔，但仔細想想，自己能在現場找到線索，其實是源自牠的引導，破案可說是牠的功勞。

當初牠因為受傷而來到這個村莊，之後也將飛往其他地方，延續牠們物種所剩無幾的生命。

大姊姊望著天空，彷彿狐蝠還在那裡一般。

「真是可愛啊！小弟弟，你給牠取了名字嗎？」

「嗯……」

先前一直忘了給狐蝠取名。此刻，一個名字霎時浮現腦海。

「牠叫……蝠爾摩斯！」

二〇〇九年

「蝠爾摩斯！」

阿彥的舉動著實嚇壞了大家。他邁開腳步，跟在飛上天際的狐蝠後方，隨著步伐加快，他開始奔跑起來，像是想跟隨狐蝠到天涯海角。直到狐蝠沒入黑暗的夜空，他才停下擺動的雙腳，喘著粗氣，不久將手圈在嘴巴四周大喊：「蝠爾摩斯！謝謝你！」

三年前，有人在龜山島首次發現臺灣狐蝠的蹤跡，而且是數量多達二十隻的大型族群。聽聞此事的阿彥相當激動，一直說想登島看看，在得知林務局與我任教的大學團隊合作時，也嚷著要讓他加入，那模樣像極了要爸媽給自己買玩具的小鬼。

今日登島後，他也毫不掩飾興奮之情。黃昏後，我們用霧網捉到一隻狐蝠，測量了一些尺寸數據、裝上帶有發報器的頸圈後，便放牠回歸山林。為了不構成太大干擾，研究小組每次登島僅捕捉一隻狐蝠。

阿彥全程參與了數據測量，畢竟那是他夢寐以求，渴望再度相見的「朋友」。

一旁的記者看著阿彥的舉動，嘴角浮現笑容，對我說：「感覺能體會他的心情……對了，妳就是『稜果榕女孩』吧？妳這幾年也辛苦了。」

遠方的阿彥舉手朝著我們走來。「呦！葉子，明早可以回家啦……」

儘管事過境遷，我已淡化父母過世的傷痛，習得一口流利的中文，也學會了淚與笑，成了十足的大人。但總覺得眼前的阿彥，內心一直住著一名少年。

那個停留在十八年前，結交一生摯友卻又突然失去的少年。

作者的話

我一直認為，人是活在回憶中的生物。小時候喜愛的玩具或書籍，長大後若在哪裡再度相遇，便會毫不猶豫掏錢購買。追求的不是物品本身，而是熱中那些東西時的自己，想透過這種方式喚回過去的自己。

也因此，人類雖然一直在往前走，卻很喜歡不時往回看，以至於留下的腳印都很類似過去的足跡。經常改變步伐的人是很少見的。

以上是截稿前仍每天抽出時間玩〈勇者鬥惡龍〉的我，所得到的最新體悟。

寵物先生

推理小說家。本名王建閔，臺灣大學資訊工程系畢業，臺灣推理作家協會會員，現為網頁工程師。二〇〇九年以《虛擬街頭漂流記》榮獲第一屆「島田莊司推理小說獎」首獎，另著有《追捕銅鑼衛門：謀殺在雲端》、《S.T.E.P.》（合著）與《鎮山：罪之眼》等作品。

故事館 70

動物星球偵探事件簿

作　　者　王宇清、翁裕庭、陳郁如、郭瀞婷、鄭宗弦、寵物先生
繪　　者　九　子
封面設計　伍　陸
內頁編排　張彩梅
校　　對　吳伯玲
責任編輯　汪郁潔

國際版權　吳玲緯
行　　銷　闕志勳　吳宇軒　余一霞
業　　務　李再星　李振東　陳美燕
總 編 輯　巫維珍
編輯總監　劉麗真
事業群總經理　謝至平
發 行 人　何飛鵬
出　　版　小麥田出版
地址：115台北市南港區昆陽街16號4樓
電話：(02)2500-0888　傳真：(02)2500-1951
發　　行　英屬蓋曼群島商家庭傳媒股份有限公司城邦分公司
地址：115台北市南港區昆陽街16號8樓
網址：http://www.cite.com.tw
客服專線：(02)2500-7718｜2500-7719
24小時傳真專線：(02)2500-1990｜2500-1991
服務時間：週一至週五09:30-12:00｜13:30-17:00
劃撥帳號：19863813　戶名：書虫股份有限公司
讀者服務信箱：service@readingclub.com.tw
香港發行所　城邦（香港）出版集團有限公司
香港九龍土瓜灣土瓜灣道86號順聯工業大廈6樓A室
電話：852-2508 6231　傳真：852-2578 9337
馬新發行所　城邦（馬新）出版集團 Cite (M) Sdn Bhd.
41, Jalan Radin Anum, Bandar Baru Sri Petaling,
57000 Kuala Lumpur, Malaysia.
電話：+6(03) 9056 3833　傳真：+6(03) 9057 6622
讀者服務信箱：services@cite.my
麥田部落格　http://ryefield.pixnet.net
印　　刷　漾格科技股份有限公司
初　　版　2019年8月
初版十二刷　2024年8月
售　　價　340元

ISBN 978-957-8544-16-1

國家圖書館出版品預行編目資料

動物星球偵探事件簿／王宇清等文；九子圖. -- 初版. -- 臺北市：小麥田出版：家庭傳媒城邦分公司發行，2019.08
面；　公分. -- (故事館；70)
ISBN 978-957-8544-16-1 (平裝)

863.59　　108007925